DU MÊME AUTEUR

Cinéma

Grigris, prix Vulcain de la Meilleure image, Cannes, 2013
Un homme qui crie, Prix du jury, Cannes, 2010
Daratt, saison sèche, Prix spécial du jury, Venise, 2006
Abouna, Quinzaine des réalisateurs, 2002
Bye-bye Africa, Prix du Meilleur 1er film, Venise, 1999

Publication

Aux Éditions Gallimard

Djibril ou Les ombres portées, roman, collection Continents Noirs, 2017.

CONTINENTS NOIRS

Collection dirigée par Jean-Noël Schifano

MAHAMAT-SALEH HAROUN

LES CULS-REPTILES

ROMAN

CONTINENTS NOIRS *nrf* GALLIMARD

1

Ça a commencé un matin, en plein mois d'août, au mitan de la saison des pluies. À l'appel de Bourma et de certains jeunes, des centaines d'habitants du quartier de Torodona s'étaient donné rendez-vous sur le terrain de football. Ils étaient tellement nombreux que le stade n'arriva pas à les contenir. Bravant les exhalaisons fétides, ils débordèrent sur la décharge voisine, se protégeant le nez avec des masques de fortune, ou des bouts de pagne.

Dès potron-minet, Bourma et ses copains étaient sur place. D'autres arrivèrent juste après la prière du matin. Ils convergeaient tous vers le même endroit. Comme tout le monde se connaissait, on se serrait la main, on plaisantait, on rigolait. Muni d'un porte-voix, Bourma incitait les habitants, qui n'avaient pas encore rejoint le rassemblement, à se hâter.

Les gens déboulaient de partout. Le groupe grossissait à vue d'œil. Bourma et ses camarades affichaient un sourire satisfait : à l'évidence, la mobilisation semblait être à la hauteur de leurs espérances. La majorité des Torodonais s'était déplacée. Un attroupement plutôt réussi.

Même les culs-reptiles étaient de la partie, ces oisifs qui ne voulaient *rien foutre au pays*, des fainéants qui passaient la journée à même le sol, sur des nattes, à jouer aux dames ou au rami.

Immobiles telles des montagnes, ils ruminaient la noix de cola, sirotant à longueur de journée des litres de thé accompagnés de pain sec. Ils ne bougeaient leurs fesses qu'en fonction de la rotation du soleil, disputant l'ombre aux chiens et aux margouillats. Des indécrottables rebelles qui, faisant fi de tout contrat social, avaient érigé la glandouille en art de vivre.

Assis au bord de la rue, au vu et au su de tous, on ne pouvait pas les rater. Adeptes de la contemplation, ils reluquaient les passants, ne s'empêchaient pas de médire. Étranges spectateurs de leur propre vie, ils observaient le monde comme s'ils n'en faisaient pas partie. Ils commentaient les principaux événements, conversaient jusqu'à la tombée de la nuit, indifférents au temps qui file.

Pour les culs-reptiles, tout se passait comme si les jours n'étaient que la répétition d'un temps circulaire. Attirant les regards des passants à cause de leurs éclats de rire retentissants, ils vivaient dans une sorte d'éternité joyeuse et insouciante. On eût dit qu'ils étaient hors-sol, affranchis de toutes les pesanteurs sociales, délestés du poids des contraintes et autres règles communautaires. Les coutumes et les traditions ? Mon cul, ils s'en contrefichaient. Dans ce pays où les fils et les filles de étaient assurés de remplacer leurs parents aux postes importants, rien n'avait de sens. Or essayer de penser l'insensé était chose abrutissante. Alors, ils se tenaient sur la réserve.

Mais en cette circonstance exceptionnelle, foin d'indifférence, les culs-reptiles ne voulaient pas rester à l'écart. Jetant aux orties leur apathie légendaire, ils se joignirent à la foule. De même que l'imam. Troquant sa djellaba et son Coran contre un T-shirt siglé Adidas (un faux, bien entendu) et un pantalon en toile, il haranguait la foule.

« C'est superbe, tout le quartier est là », jubilait Bourma. À l'exception des handicapés et autres aveugles, comme sa propre grand-mère, personne ne manquait à l'appel.

La raison de ce rassemblement ? Un ras-le-bol général de la population contre les impérities d'un pouvoir corrompu. Les Torodonais en avaient marre de leurs conditions de vie et voulaient le faire savoir. Haut et fort. Les autorités avaient promis un développement inclusif et un partage équitable des recettes du pétrole. On leur avait dit que leur quartier allait être modernisé, que les baraques en pisé allaient laisser place à des logements sociaux, des maisons en béton armé. Qu'en lieu et place des latrines méphitiques, ils auraient des vraies toilettes à la turque, et le tout-à-l'égout. Des promesses. Naïfs, ils les avaient gobées. Mais ils ne virent rien venir. Ils croupissaient toujours dans la misère des marécages tandis que les gens d'en haut s'enrichissaient à plein pot. Après avoir cru pendant longtemps aux belles paroles des hommes et femmes politiques, ils réalisaient aujourd'hui qu'ils avaient été bernés. « Trop c'est trop », scandait la foule furieuse.

L'exaspération des Torodonais avait grimpé régulièrement face à l'irresponsabilité irréfragable des autorités qui paradaient en costume-cravate et boubou amidonné. Ils avaient trépigné d'impatience jusqu'au soir où l'intervention du Premier ministre mit le feu aux poudres.

Au cours d'une allocution télévisée, le chef du gouvernement, l'air sinistre, malgré son *kabtani*, costume traditionnel en deux pièces, brodé en fil d'or, et ses lunettes Prada, s'adressa à la nation sur un ton solennel. Il annonça que le pays n'avait plus de pétrole. « Le temps des vaches grasses est derrière nous », martela-t-il. « Putain, maugréa le chef de quartier, on n'a même pas profité de la manne pétrolière que c'est la fin des haricots. »

Selon le Premier ministre, les nappes étaient desséchées depuis belle lurette. Désormais dépourvu d'or noir, sa seule richesse, le pays n'intéressait plus les grandes compagnies. N'ayant plus rien à exploiter, les sociétés américaines décidèrent de plier bagage. « C'est la cata », vociféra Tonton Adoum, l'éclopé.

« Désormais, il nous faut compter sur nos propres forces, compléta le Premier ministre. Je vous demande donc de vous débrouiller. »

Le discours tonitruant du chef du gouvernement avait fait l'effet d'une bombe, suivi aussitôt par un concert de casseroles et des coups de sifflet.

Affranchis de toute docilité, les Torodonais étaient désormais sur le pied de guerre, ils voulaient en découdre. Nonobstant l'interdiction de toute manifestation dans le pays, ils avaient décidé de passer outre. Armés de gourdins et autres machettes, ils envahirent les rues en criant leur dégoût. Le gouvernement allait voir ce qu'il allait voir. Ils tenaient à exprimer leur colère. Ils n'en pouvaient plus de vivre dans ces conditions inhumaines, dans ce taudis de Torodona fait de bric et de broc.

« Trop, c'est trop », scandait la foule. Même la grand-mère de Bourma y allait de sa diatribe contre le gouvernement. « La vie est lumière », répétait-elle à qui voulait l'entendre. « Pourquoi le gouvernement nous prive-t-il d'électricité ? Ne sommes-nous pas des citoyens comme les autres ? » Sortant de sa léthargie habituelle, elle avait sauté de son lit, et noué son pagne autour de la taille, prête à se joindre aux manifestants, mais Bourma l'en avait dissuadée.

Tous debout contre les iniquités intolérables du régime, les Torodonais quittèrent leur quartier et marchèrent en direction de la place de l'Indépendance. Formant une longue procession, femmes, hommes et enfants battaient le pavé, une foule soudée face à l'adversité pour défendre la même cause, marchant et progressant en rangs serrés. L'union faisant la force, les gens de Torodona, ragaillardis par leur nombre et remontés à bloc, se sentaient invincibles. Ils chantaient, dansaient en tapant des mains.

Vue du ciel, la multitude semblait ramper, menaçante tel un énorme reptile préhistorique, avançant à petits pas dans les méandres de la ville.

Bourma s'était placé en tête de cortège. Il tenait le drapeau national, histoire de faire comprendre aux autorités que la manifestation, même si elle n'avait pas reçu l'aval du ministère de la Sécurité publique, ne constituait en rien un trouble à l'ordre public et encore moins une rébellion, mais juste une manière comme une autre d'attirer l'attention du gouvernement sur leur vie de misère.

Les manifestants défilèrent longtemps, bloquant parfois la circulation, ce qui ne manqua pas de provoquer l'ire de quelques automobilistes. Chahut. Discussion. Palabre. Impossible de s'entendre. Une bagarre opposa les automobilistes à quelques manifestants qui prirent le dessus, chassant leurs adversaires à coups de gourdin.

Après un long trajet, ils débouchèrent sur la grande avenue Charles-de-Gaulle devant le regard amusé des passants. Pour les encourager, certains les applaudissaient vivement, d'autres, en désaccord total avec eux, leur lançaient des cailloux. Face à ces provocations, Bourma conseilla aux manifestants de ne pas réagir. « Gardez votre calme. On n'est pas là pour la bagarre », hurlait-il.

En vérité, c'était un défilé pacifique, rien de méchant, il y avait même un côté bon enfant dans cette marche qui avait rassemblé plusieurs milliers de personnes. Ils ne désiraient qu'une chose, les pauvres Torodonais : que le gouvernement ne les marginalise plus, et qu'on les considère à l'égal des autres citoyens. Ils étaient sortis en famille, dans la joie et la bonne humeur. Ils rêvaient d'être filmés par la télévision, de causer dans le poste. Ils espéraient qu'on leur tende enfin un micro pour raconter leur calvaire. Mais aucun journaliste ne crut bon de couvrir l'événement.

Dépités, les manifestants placés à l'arrière du défilé laissèrent exploser leur colère : tels larrons en foire, ils se concertèrent, puis déchaînèrent leur fureur sur les voitures. Ils les renversèrent, brûlèrent des motos, et pillèrent quelques boutiques, puis, butin en main, désertèrent la manifestation, se dispersant à grandes enjambées dans les rues adjacentes.

Pendant ce temps, Bourma et ses camarades avançaient au pas, ignorant tout de ce qui se passait derrière eux. Au moment où ils tournèrent dans l'avenue Mobutu, ils tombèrent nez à nez avec les bérets rouges. Bon Dieu de merde, se dit Bourma. On ralentit le pas. Il y eut comme un flottement. Puis un silence. Un mouvement de panique gagna les rangs.

Face à eux, les soldats de la garde présidentielle, impassibles, avaient pris position au milieu de l'axe menant vers la place de l'Indépendance. Armés jusqu'aux dents, certains portant même des casques de combat, les soldats avaient les fusils braqués sur les manifestants.

La foule s'arrêta un moment. Un face-à-face qui sembla durer une éternité. Malgré le silence pesant, on entendait le bruit des bottes sur le bitume, ça ne présageait rien de bon.

Craignant le pire, Bourma préféra s'éclipser. Il rebroussa chemin, se faufila entre les manifestants et s'éloigna. À peine eut-il le temps de quitter les rangs de la multitude que des coups de feu retentirent.

Sans aucune forme de sommation, la garde présidentielle tira dans le tas. Bourma entendit des balles siffler au-dessus de sa tête. Il s'aplatit ventre contre terre, et rampa sur une longue distance, le souffle court. Dès qu'il se sentit hors d'atteinte des cartouches, il se releva et prit ses jambes à son cou. Sauve-qui-peut général. Débandade et victoire de la soldatesque. Elle ramassa les morts, les blessés et regagna ses casernes. Ne restait plus que l'asphalte vide, jonché de milliers de savates et autres sandales multicolores. De cette image semblait émaner une sorte de poésie triste et tragique. Selon l'information officielle communiquée par la télévision nationale, il y aurait eu un mort et quinze blessés.

« Tu parles ! » hurla Bourma.

En se basant sur leur propre décompte, les gens de Torodona savaient que le nombre de morts était plus élevé.

Plongés dans le deuil, les Torodonais, unis par une communion exemplaire, pleurèrent longtemps leurs disparus privés de sépulture. Dans un élan de solidarité admirable, ils s'occupèrent des blessés qu'ils avaient pu emporter dans leur fuite. Cette épreuve les transforma. Elle raffermit les liens, déjà séculaires, entre les gens de Torodona.

« Un simple mouvement d'humeur », titra avec mépris un hebdomadaire progouvernemental, propriété du beau-frère du président de la République.

Contrairement à ce que disait ce journal, il s'agissait bel et bien d'une révolte. Du jamais-vu par ici où la population est plutôt connue pour son aptitude naturelle à la soumission.

2

Leur manifestation fut une véritable tragédie, mais aucun média n'en parla. Après conciliabules avec d'autres habitants du quartier, Bourma eut pour mission de contacter la presse locale afin qu'elle témoigne de ce qu'ils avaient enduré.

Il se rendit dans les bureaux du seul quotidien de la ville, une feuille de chou qui paraissait de façon erratique, au bon vouloir de son directeur. Dès qu'il se retrouva face au rédacteur en chef, Bourma attaqua bille en tête : « C'est votre devoir d'informer le pays et le monde sur ce qui s'est passé. Vous ne pouvez pas taire ça. »

Le rédacteur en chef, qui semblait plutôt intéressé par ses mots fléchés, l'écouta longuement, puis finit par lui opposer un refus poli. Bourma sortit de là totalement dégoûté. Les Torodonais pouvaient disparaître, le monde s'en moquait.

Cette indifférence généralisée, loin de les décourager, décupla leur colère.

Ils érigèrent des barrages pour empêcher tout accès à leur quartier, transformant Torodona en une véritable forteresse. La nuit, ils brûlèrent des pneus dont les flammes apportaient un peu de lumière dans cet endroit qui en manquait tant.

Bourma réfléchissait à cette vie de chien à laquelle lui et les siens étaient assujettis. Il promenait son regard sur les rues et ne décolérait pas. Depuis le début de la saison des pluies, le quartier était entièrement inondé, comme tous les ans, du reste. Certaines parties de Torodona n'étaient accessibles qu'en pirogue. Les eaux stagnaient dans les rues, dans les cours des maisons et dans les chambres. Envahie et cernée de toutes parts par les mares, la population de Torodona souffrait de dysenterie et autres complications intestinales.

Pour autant, ces eaux stagnantes fourmillant de microbes ne déplaisaient pas à tout le monde : la marmaille en profitait pour s'y baigner et, à la longue, elle finissait fatalement par contracter le ver de Guinée ou la bilharziose.

Privés en outre d'électricité, les Torodonais vivaient dans le noir. Comment s'habituer à vivre dans les ténèbres ? se demandait Bourma.

À l'évidence, le développement, tant prôné par les autorités et dont on leur avait si longtemps rebattu les oreilles sur les ondes, s'était réalisé sans eux.

Pourtant, dans ses déclarations, le gouvernement avait longtemps promis une politique de développement inclusive, parlant d'émergence, de vision 2000-2010. Demain, le plein emploi pour tous, avaient proclamé les publicités. Tu parles ! s'indignait Bourma.

De fait, les Torodonais avaient toujours été les grands oubliés de la mère patrie. Sauf pendant les campagnes électorales. Alors là, pour le coup, ils devenaient fréquentables, faisant soudain l'objet d'une opération de séduction assidue. On les flattait en les caressant dans le sens du poil, on leur disait ce qu'ils voulaient entendre.

Les tacticiens de la politique les courtisaient, se bousculant pour gagner leurs faveurs. Que ne feraient-ils pas, ces politiciens, pour recueillir leurs voix.

Pour apaiser la colère des Torodonais, le gouvernement rétablissait l'électricité et l'eau courante. Les rues étaient non seulement éclairées, mais nivelées par des bulldozers. Pour empêcher la poussière de se répandre dans les maisons, des citernes d'eau arrosaient les pistes.

Se rappelant enfin au bon souvenir des habitants de Torodona, les candidats du parti au pouvoir venaient à eux les mains pleines. Ils sillonnaient les rues cabossées à bord de grosses cylindrées. Ils distribuaient des cadeaux (T-shirts à l'effigie du président, casquettes, et même de l'argent). Sourire carnassier aux lèvres, ils promettaient monts et merveilles. En vérité, les politiques leur faisaient prendre des vessies pour des lanternes. Ils promettaient surtout le rétablissement permanent de l'eau et de l'électricité. « Plus de délestage ! » juraient-ils. Promesse d'élection, promesse de Gascon, se disait Bourma

Il observait tout ce cirque avec circonspection. Toujours la même rengaine, toujours le même spectacle. Quelle histoire ! Il savait que toutes ces paroles n'étaient que du vent. Des paroles débitées sans conviction pour endormir des sots. Il n'en manquait pas, dans le quartier. Quelques nigauds se laissaient inévitablement gruger. On leur remettait la carte du parti et une petite enveloppe bourrée de billets. Rares étaient ceux qui résistaient aux espèces sonnantes et trébuchantes. Ils se laissaient allègrement fourvoyer et acceptaient de baisser leur froc. Ces nouveaux impétrants se mettaient à leur tour à rameuter d'autres habitants pour grossir les rangs du parti au pouvoir. Putain, les mecs, tout de même. Un peu de dignité, se lamentait Bourma. Conscient de la manipulation à l'œuvre, il regimbait. Il refusait toute compromission, résistant aux entourloupes. Il s'était juré de ne plus jamais se laisser avoir. De ne plus jamais voter.

Au fond, pour Bourma, la chose était entendue : il avait compris depuis fort longtemps que, sous le soleil de son pays, le mensonge était consubstantiel à la politique. Bien au fait de sa propre médiocrité, la canaillocratie régnante gouvernait par le mensonge. Elle le pratiquait à haute dose, mêlant magouilles et autres intrigues de bas étage. Une véritable mafia.

À Torodona, tout le monde savait que les élections étaient traficotées, et les dés pipés, et les résultats connus d'avance.

Parfaitement huilée, la mécanique était imparable. Il n'y avait rien à faire contre un système magouilleur en diable. Un État voyou. Dépourvu de toute éthique, il ne respectait ni ses propres lois ni sa parole.

Le gouvernement organisait ces élections juste histoire de faire croire à la communauté internationale que le pays était une démocratie. Mon œil, oui, se disait Bourma.

Une semaine plus tard, les gens de Torodona se réunirent à nouveau sur le terrain de football. Ils se tenaient debout, tel un seul homme, le visage grave. Tous n'étaient pas d'accord pour reprendre le combat. Il a fallu un long débat contradictoire, et force arguties de la part de Bourma et ses camarades pour convaincre les récalcitrants.

Après avoir secrètement préparé leur coup, rebelote, les habitants de Torodona redescendirent dans la rue. Malgré le risque encouru, le besoin d'exprimer leur mécontentement était plus fort. Là encore, la garde présidentielle, toujours prompte à dégainer, ne tarda pas à intervenir. Mais cette fois, bien qu'ils se soient enfuis devant les mitraillades, les gens de Torodona n'abandonnèrent pas les leurs. Ils dénombrèrent douze morts et vingt-trois blessés.

« Des mensonges », objecta le gouvernement qui, par la voix de son ministre de la Sécurité publique, nia tout en bloc. Il traita les habitants de Torodona de terroristes. C'était l'étiquette à la mode pour les couvrir d'opprobre…

Dépourvus de tout moyen de résistance face à la violence institutionnalisée qui ne reculait devant rien, les habitants de Torodona préférèrent faire profil bas. Ils regagnèrent leurs pénates en espérant des jours meilleurs. Ils rêvaient d'un coup de force ou d'un soulèvement populaire, à l'image de ce qui s'était produit sous d'autres cieux. Ils ne voyaient pas d'autre solution pour faire rendre gorge au régime. « Dégagez, bande de bouffons ! » hurlaient-ils. « Dégage », ce mot, entendu dans d'autres contrées, devint leur signe de ralliement. Ils en recouvrirent tous les murs de Torodona.

Vaincus et acculés, Bourma et ses acolytes en furent réduits à des rêves sans lendemain. Ils aspiraient à une rupture qui leur ouvrirait les portes d'un monde nouveau, mais leur désir de tout renverser ne trouva aucun écho dans les autres quartiers. Aucun ne voulut se ranger à leurs côtés. Pour beaucoup, il n'était pas question de s'allier à cette engeance de Torodonais de basse extrace. Comme Torodona était essentiellement habité par des personnes issues de la même ethnie, on les traita d'*ethnicistes* – mot emprunté au pouvoir rwandais qui l'avait inventé après le génocide des Tutsis pour supprimer toute voix discordante.

À la suite de ces troubles, le gouvernement décréta que Torodona était un quartier subversif, un repaire de terroristes. Comme tel, il fut inscrit sur la liste rouge des ennemis de la nation. À ce titre, Torodona fut condamné au confinement. Un couvre-feu interdisait désormais aux habitants de sortir de chez eux de midi à six heures du matin. À peine avaient-ils le temps de se rendre au marché pour leurs emplettes qu'il leur fallait dare-dare regagner la maison. Des militaires armés jusqu'aux dents patrouillaient dans les rues. À la guerre comme à la guerre, ils se comportaient telle une armée d'occupation. Ils fouillaient les maisons de fond en comble. Ils arrêtaient et tabassaient les paisibles citoyens. Bourma n'y échappa pas. Arrêté lors d'un contrôle inopiné, il reçut quelques coups de crosse et perdit une dent.

Pour faire trimer les Torodonais, le gouvernement les priva de tout. Désormais, plus d'eau, plus d'électricité. Démobilisés, anéantis, les gens de Torodona finirent par capituler.

Cela dit, malgré ces brimades atroces, la population, réduite au silence, refusait de plier, continuant à protester à longueur de journée. « Nous condamner à vivre dans la boue et l'obscurité alors que nous sommes au XXIe siècle, c'est quand même pas normal », se lamentait Tonton Adoum, l'éclopé.

Connu pour ses critiques véhémentes du régime, Tonton Adoum ne ratait aucune occasion pour dire ce qu'il pensait. Il en avait gros sur la patate parce qu'il se sentait blousé. Avant de se retrouver estropié, il avait servi dans l'armée nationale. Le gouvernement avait promis de l'indemniser. Tu parles ! s'insurgeait Bourma.

Soldat de première classe, Tonton Adoum avait été envoyé à l'étranger pour casser du maquisard, ces rebelles armés qui occupent une partie du pays. Ils prônent la sécession de leur région et lancent souvent des rezzous meurtriers contre les forces gouvernementales. Il passa trois mois dans une région désertique et hostile. « J'en ai zigouillé, de ces tarés de montagnards, plus de dix », se vantait-il. Manque de pot, il revint avec deux jambes en moins. N'ayant ni femme ni enfant, Tonton Adoum se retrouva tout seul, cloué dans un fauteuil roulant, que la population lui avait offert après une cagnotte organisée par Bourma. Un fauteuil qu'il n'avait hélas pas toujours la force de faire rouler. À chaque fois qu'il se retrouvait coincé dans une crevasse, il fallait lui venir en aide. Un véritable boulet. Tout le monde s'en plaignait, mais on l'aimait bien, Tonton Adoum. Chaque fois qu'il le pouvait, Bourma le gratifiait d'un petit billet.

Tonton Adoum, un cul-reptile comme de nombreux autres. Mais à l'inverse de ces derniers, qui considéraient la mendicité comme une hérésie, lui tendait humblement la main aux passants. Magnanimes, les voisins ne l'oubliaient pas, sachant que la pension promise à lui par le gouvernement n'avait jamais été honorée. Alors, au nom du *lingui*, cette entraide indéfectible entre gens de la même communauté, on lui donnait la pièce.

L'injustice dont il était victime l'avait rendu amer, désabusé, Tonton Adoum. Uu jour, fatigué de gueuler dans le vide, il emprunta le téléphone d'un jeune du quartier et appela une radio locale connue pour son émission « La Voix des auditeurs ». Elle donnait à chacun la possibilité de s'exprimer librement sur le sujet de son choix.

Dans une diatribe restée mémorable, Tonton Adoum laissa exploser sa hargne, il se défoula en déversant toute sa haine. Il houspilla le gouvernement, traita les ministres de bande d'incompétents, de sacs à merde. Son invective furieuse était telle que tout le monde s'était arrêté pour l'écouter. Des voitures s'étaient garées sur le bas-côté. Des mécaniciens avaient interrompu leur travail. Même les vendeuses de poisson cessèrent leur marchandage. Il fallait le voir pour le croire. Toute la ville s'était figée, l'oreille collée au transistor. Un jour historique. Des moments inoubliables qu'on aimerait voir plus souvent par ici. On buvait les paroles de Tonton Adoum. Ses propos mettaient du baume au cœur de tous ceux qui étaient épris de justice. Tonton Adoum clamait tout haut ce que les autres pensaient tout bas.

Allongé dans son lit, Bourma reconnut la voix de son voisin. Il se redressa pour l'écouter avec jubilation. Nul doute qu'il partageait ses opinions. Enfin un porte-parole de notre cause, pensa-t-il.

Tonton Adoum parlait d'une voix calme et posée, tout le contraire de ce qu'il était habituellement. Point de passion ni de colère, mais du sang-froid. Il agissait comme s'il avait attendu ce moment depuis une éternité. La pensée bien structurée de Tonton Adoum ne déviait pas de son chemin, elle allait droit au but. Clairs comme de l'eau de roche, ses mots étaient limpides, ils semblaient couler de source. Ils visaient juste, cognaient à coups sûrs sur leur cible. Pas de langue de bois ou de charabia, mais une parole incisive, directe et frontale, accessible à tous. Du bonheur à l'état pur.

Les auditeurs se demandaient qui pouvait bien être fou à ce point pour s'épancher avec une telle outrecuidance. S'en prendre publiquement au gouvernement, quel toupet. Une telle hardiesse. Du jamais-vu. Même Bourma n'en revenait pas. Mais il ne comprenait que trop bien le ras-le-bol de Tonton Adoum. Tout être humain a ses limites, estima Bourma, il arrive un moment où, quand la coupe est pleine, il finit par exploser. Tonton Adoum n'avait plus rien à perdre. « Cabri mort n'a pas peur du couteau », dit-on par ici.

Tribun hors pair, Tonton Adoum avait la parole dense. Une parole qui vous donnait le frisson, et elle vous revigorait, et vous vous sentiez moins seul.

Soudain, telle une plaisanterie de mauvais goût, l'intervention de Tonton Adoum fut brutalement interrompue. L'animateur s'excusa, invoquant un problème technique, et passa sans autre explication un morceau de musique congolaise dansante.

Quelques heures plus tard, au milieu de la nuit, Tonton Adoum fut discrètement cueilli par les agents des services de sécurité. Quatre hommes enturbannés l'embarquèrent dans une voiture noire sans immatriculation et aux vitres fumées. Il ne reparut jamais.

Le nom de Tonton Adoum vint s'ajouter à la longue liste des disparus. De lui, il ne restait plus que son fauteuil roulant, abandonné dans la rue, et devenu un jouet pour les enfants.

Ulcéré, l'imam réunit quelques fidèles et pria pour le salut de Tonton Adoum. « Je le déclare martyr de la cause du peuple. »

Devant cette tragédie sans fin, des dissensions apparurent dans les rangs des Torodonais. Chacun rejetait la faute sur l'autre. On cherchait un bouc émissaire. Tous les regards se tournèrent vers Bourma. Le coupable idéal. On l'indexa, on le voua aux gémonies. On l'accusa d'être à l'origine de ce soulèvement qui s'était terminé dans la tuerie. Même ses parents lui reprochèrent son engagement. « Ta gesticulation a semé la mort et la désolation. Tu devrais te débrouiller pour trouver du travail au lieu de foutre la merde dans le quartier. » Ils lui en voulaient comme s'il était responsable des malheurs de Torodona.

Face au regard réprobateur de ses géniteurs, Bourma fit profil bas, passant ses journées dans les rues. Il errait telle une âme en peine, sans autre but que de tuer le temps. Il ne rentrait qu'à l'heure du repas. Mais dès qu'il pointait le bout de son nez, ses parents lui tombaient dessus à bras raccourcis. « À ton âge, j'avais déjà un travail et j'étais marié », lui serinait son père. Sa mère n'y allait pas non plus de main morte. Elle tirait à boulets rouges sur Bourma, le traitant de vaurien. On le vitupérait pour son inconscience, le chargeant de tous les maux. Stoïque, Bourma encaissait les propos désobligeants et les reproches acerbes de ses parents. Souvent, il lui prenait la folle envie de foutre le camp…

Pour échapper à l'hostilité de ses parents, il pensait trouver un peu de réconfort auprès de Nana, sa petite amie. Un jour, alors qu'il essayait de lui confier ses soucis, Nana le coupa net. « On ferait mieux de se séparer », lui asséna-t-elle. Il faillit tomber à la renverse. Nana ne passa pas par quatre chemins pour lui dire qu'elle en avait marre de lui, marre de sa lose permanente et de son chômage endémique. Nana rêvait d'un gars sûr, un mec capable de la couvrir de pagnes, un amant aux poches pleines pour l'entretenir.

Bon Dieu de merde, c'est toujours la même histoire, pensa Bourma. Quand le chômage frappe à la porte, l'amour s'enfuit par la fenêtre…

Nana, fille frivole, voulait des parfums, des crèmes éclaircissantes pour sa peau qu'elle trouvait trop foncée, du henné, bref toutes ces menues choses qui font la coquetterie de la gent féminine par ici. « Quel homme tu es pour passer ton temps à me baiser, à prendre ton pied sans pouvoir m'offrir le moindre petit cadeau ? »

Pauvre comme Job, Bourma n'arrivait effectivement pas à subvenir aux besoins de Nana. Or, au pays, les choses sont claires : qui aime donne, point barre. Qui ne peut pas donner, dégage.

Cela faisait trois ans qu'ils sortaient ensemble. Il l'aimait éperdument, il avait même envisagé de l'épouser. Mais les parents de Nana ne l'entendaient pas de cette oreille. « Un homme sans travail est un être instable », s'exclamaient-ils. Ils refusèrent de lui accorder la main de leur fille. Bourma et Nana continuèrent cependant de se fréquenter, mais le cœur n'y était plus. Bourma essaya maintes fois de l'*enjailler*, mais, tu parles, se dit-il, c'est mort. Nana refusait de mordre à l'hameçon. Au fil des jours, elle s'éloignait. Irrémédiablement.

Désormais, plus de sexe, pas de câlins non plus. À défaut de tendresse, on se contentait de partager des petits moments futiles, rien de bien transcendant. Comme aucune flamme n'entretenait cette relation amoureuse déclinante, elle finit par mourir de sa belle mort.

À la suite de cette rupture douloureuse, Bourma se retrouva dans une solitude vertigineuse. Un puits de chagrin. Pour éviter de sombrer, il s'accrocha à la lecture comme à une bouée de sauvetage. Il s'inscrivit à la bibliothèque municipale, y passant le plus clair de son temps. Sans aucun préjugé, il lisait tout ce qui lui tombait entre les mains. De Guy des Cars à Sony Labou Tansi, en passant par Kourouma, García Márquez et Modiano.

Avec une boulimie insatiable, il dévorait tout, considérant la lecture comme un simple moyen d'évasion, jusqu'au jour où il tomba sur un livre qui lui ouvrit les yeux sur sa condition : *Chaîne,* de Saïdou Bokoum. Il eut l'impression que le livre parlait de lui, de sa vie de damné, de son destin de mal barré. Une chaîne, comparable à celle du roman, semblait en effet l'entraver. Elle le tenait prisonnier d'une vie qu'il abhorrait. Il était mal parti, dès le commencement. Plus il se penchait sur sa condition, davantage il souffrait. Il finit par croire que sa vie à Torodona n'offrait aucune perspective, elle n'avait pour ainsi dire pas de sens.

Il observait sa réalité avec lucidité, et il comprit que toute lucidité est un abîme vertigineux. Heureux sont ceux qui vivent bercés d'illusions…

Torodona, ce pandémonium aux rues poussiéreuses jonchées de sachets en plastique. Torodona, il commençait à le haïr. Il ne supportait plus ses caniveaux aux odeurs pestilentielles. C'est fini, Torodona et ses indécrottables culs-reptiles vautrés à l'ombre des arbres comme s'ils attendaient le retour du Messie.

« Pays de merde ! » proféra Bourma en crachant.

Au fond, le drame de ce quartier populaire était connu de tous : abandonné. Fors les cabarets et autres bars où on buvait jusqu'au coma éthylique et où on dansait jusqu'à pas d'heure, il n'y avait ici ni école, ni centre de santé, et encore moins un commissariat. Délaissé par le pouvoir, Torodona était livré à son triste sort.

En l'absence de maternité, et n'ayant pas les moyens de se payer les services d'une sage-femme, les mères se tournaient vers les matrones. Sans respect des mesures d'hygiène les plus élémentaires, ces accouchements se révélaient souvent problématiques. Des complications en veux-tu, en voilà. Des mort-nés, il y en avait toutes les semaines. Toujours la même rengaine. À la longue, on évitait d'en parler, on mettait toute cette catastrophe sur le compte du Tout-Puissant. C'était écrit, *Mektoub*, se lamentaient les Torodonais, vaincus par un fatalisme héréditaire.

Les enfants qui, par chance, échappaient à cette tragédie étaient déscolarisés. Ils traînaient à longueur de journée, chassant le margouillat ou tapant dans des ballons en chiffon pour tromper l'ennui.

Les quelques rares personnes qui avaient eu la chance de pousser un peu leurs études se retrouvaient à quai, parce que n'appartenant pas à la bonne ethnie, comme Bourma. Un feu rouge invisible les empêchait d'avancer. Dans ces conditions, toute velléité de dégotter un boulot était vouée à l'échec. L'ascenseur social, dont le gouvernement s'enorgueillissait, n'avait jamais existé. Du coup, relégués en bout de cordée, les habitants de Torodona n'avaient jamais pu faire partie de la haute. Sans quoi, ils auraient eu une voix pour défendre leur cause, et tout cela ne serait sans doute jamais arrivé.

Voir le jour à Torodona, c'est être marqué, dès la naissance, du sceau de l'infamie. Par atavisme ineffable, les gens de Torodona tiraient le diable par la queue depuis des temps immémoriaux. Nul doute que sans piston, ils n'avaient aucune chance de se sortir de cette galère.

En attendant désespérément qu'un jour un habitant de Torodona fasse partie de la notabilité dirigeante, on subissait cette iniquité inadmissible. On naviguait tels des fantômes dans les rues obscures. Des vieillards à la vue déclinante crapahutaient entre les nids-de-poule, ils finissaient par chuter, se cassant la hanche ou, plus grave encore, le col du fémur. Les plus chanceux se retrouvaient handicapés à vie, les autres passaient de vie à trépas sans aucun soin approprié. La couverture maladie universelle, promise par le ministre de la Santé depuis Mathusalem, était une gageure sans lendemain.

À Torodona, on pataugeait dans les eaux crasses que les rigoles peinaient à drainer. Les moustiques s'y reproduisaient à une vitesse exponentielle. Ils pullulaient, pas seulement à la tombée de la nuit, non, même en plein jour. Les anophèles paradaient en groupe. Agressifs, ils s'attaquaient sans répit aux habitants démunis. Les insecticides à deux sous, importés du Nigeria et de la Chine, n'arrivaient pas à les décimer. Pire : au fil du temps, les insectes avaient développé une résistance à tous ces produits. Ils n'avaient plus aucun effet sur eux. Les moustiques continuaient de proliférer et sévissaient en toute impunité. Et le paludisme faisait des ravages. Il tuait sans pitié. On décédait de cette maladie dans l'indifférence générale.

Les enfants tombaient comme des mouches. Il ne se passait pas un jour sans qu'un gosse ne tire sa révérence. Il en mourait tellement qu'à la fin, on les enterrait sans même avoir la force de pleurer. « Nous n'avons plus de larmes », avouaient les mères, accablées.

Pour faire la nique à ce destin impitoyable, les femmes, révoltées par leur vie de misère, passaient outre les conseils du planning familial qui leur recommandait de limiter les naissances. Pour remplacer leur progéniture décimée, elles accouchaient sans compter, pires que des lapines.

Contre le fléau du paludisme, toute la population attendait un vaccin qui tardait à venir. Paludéenne depuis une dizaine d'années, la grand-mère de Bourma espérait, elle aussi. Elle en eut pour ses frais. Par une nuit de pleine lune, le paludisme eut raison d'elle. Ça avait commencé comme ça, l'air de rien, tard dans l'après-midi, au coucher du soleil. Elle se plaignit d'une fièvre, rien de grave, s'était-on dit, c'est anodin, ça va passer. Mine de rien, c'était le crépuscule de la grand-mère.

Sentant sa fin prochaine, elle plongea dans un désespoir vertigineux en pleurant toutes les larmes de son corps. Elle ne pleurait pas de peur, mais de rage. On ne pouvait plus l'arrêter. Elle répétait à qui voulait l'entendre qu'elle ne pardonnerait jamais aux dirigeants d'avoir fait d'elle une indigente sur sa propre terre natale. Elle qui avait toujours souhaité passer l'arme à gauche dans la plus grande sérénité quitta ce monde courroucée, le visage accablé et les poings serrés.

Dans ses dernières heures, au mitan de la nuit, elle convoqua toute la famille et la supplia de ne pas prier pour elle. Tout compte fait, elle ne se reconnaissait plus en Dieu. De l'islam, elle ne voulait plus entendre parler. Elle avait longtemps attendu un signe de Dieu, elle ne le vit pas. « C'est de la tromperie, tout ça », gémissait-elle. Toute sa révolte contre les autorités, elle l'avait reportée contre sa religion. Déçue, elle désirait partir en animiste. Comme ses ancêtres.

Choqué, le père de Bourma essaya de la ramener à la raison. « Maman, tu peux pas faire ça. Tu peux pas blasphémer à quelques heures de ta mort. » Elle n'en avait cure. Elle campa sur ses positions. « Tu es mon fils, oui ou non ? » l'interrogea-t-elle. Le père de Bourma opina de la tête. « Alors, tu dois respecter mes dernières volontés. Je n'attends plus rien de Dieu. J'ai trop souffert pour Lui pardonner cette vie de merde. Je lui rends la monnaie de sa pièce. »

Abasourdis, Bourma et ses parents s'étaient figés, murés dans le silence. Personne n'osa objecter. Elle rendit son dernier souffle aux aurores, et on l'enterra selon ses désirs. Bouleversé, Bourma se jeta dans les bras de sa mère en sanglotant.

« Le jour où on verra ce vaccin contre le paludisme, les geckos auront des ailes », déclara Aziza, la vendeuse de beignets présente à l'enterrement. Cela attira des regards étonnés sur elle.

Connue pour sa discrétion, Aziza parlait peu. Mais ce jour-là, elle en avait gros sur le cœur, elle eut le verbe haut. Y avait-il des informateurs parmi l'assistance ? Allez savoir. Quoi qu'il en soit, à cause de cette simple phrase, Aziza fut convoquée par les agents des services de sécurité. Elle reçut deux cents coups de fouet et dut payer une amende pour être libérée.

Elle se retrouva dans l'incapacité de reprendre son travail et dut garder le lit pendant plusieurs jours. Comme les autres voisins, par savoir-vivre, mais aussi par compassion, Bourma lui rendit visite pour lui souhaiter un prompt rétablissement. Il la trouva couchée sur le ventre, un sac de glaçons posé sur les fesses. Au moindre mouvement, elle gémissait de douleur. Elle lui raconta en long et en large le calvaire qu'elle avait vécu. Sans aucune pudeur, elle retira son pagne pour montrer son cul recouvert d'hématomes. Les soldats l'avaient frappée avec un fouet en fil de fer. Ils lui reprochaient non seulement ses propos outranciers, mais aussi son gros derrière. Une offense à Dieu, un péché, avaient-ils proféré. « Je ne l'ai pas choisi, après tout, mon popotin. Je n'ai rien demandé, c'est Dieu qui me l'a donné. »

Invoquer un tel essentialisme pour punir la pauvre femme relevait d'un acte criminel, pensa Bourma. Dans un pays normal... Mais nous ne sommes pas dans un pays normal, lui répondit une voix intérieure, toi-même tu sais, garçon…

Nous vivons dans un cauchemar sans fin, s'avoua Bourma. Pour échapper à cet enfer, il ne voyait pas d'autre issue que de se carapater. Il lui fallait quitter Torodona et ses galères interminables.

Dans cette petite ville de province où il a vu le jour, Bourma n'a jamais pu se faire une place au soleil. Son père lui avait donné ce prénom en hommage à l'un des plus illustres sultans du pays dans l'espoir que son fils aîné serait, lui aussi, un grand homme. « Tu parles ! rugit Bourma. Des conneries, oui ! »

Considéré comme un citoyen de seconde zone à cause de son appartenance ethnique, Bourma se sentait étranger chez lui. Parfois, il avait le sentiment d'être un exilé dans son propre pays. Il rêvait d'un ciel plus clément. Tout être humain a droit à son territoire d'épanouissement, estimait-il. Un endroit où il doit pouvoir vivre et circuler en toute liberté. Un endroit où il peut travailler, et jouir, et aimer, et boire, et danser, et baiser sans entrave ni restriction.

Or ici, ça n'était pas le cas. D'autant que le maire, dans sa furie, voulait coûte que coûte faire payer aux Torodonais leurs velléités de rébellion. Des traîtres à la nation qu'il comptait bien éradiquer. Pour les châtier, il décida la démolition du quartier. Un déguerpissement, selon les termes administratifs consacrés. La mairie donna un mois aux Torodonais pour libérer les lieux.

À en croire la rumeur, Torodona serait construit sur un terrain appartenant à l'État. Les habitants n'avaient donc aucunement le droit d'occuper cet espace. Quelle histoire.

Pourtant, Torodona était l'un des plus vieux quartiers de la ville. Il existait bien avant l'arrivée des Blancs, et donc bien avant la naissance du pays, ce vaste territoire tracé, inventé et créé de toutes pièces par les colonisateurs.

À cette époque, il n'y avait ni plan cadastral ni plan d'occupation des sols, en conséquence, les habitants s'étaient installés là sans souci, construisant leurs baraquements au petit bonheur la chance, dans la plus totale anarchie.

Certes, les gens vivaient les uns sur les autres, serrés comme des sardines, mais ça n'était pas pour leur déplaire. Ils étaient contents de vivre regroupés, en communauté.

Torodona était un ensemble de gourbis desservis par des ruelles tellement étroites qu'on pouvait à peine y passer à deux. Mais pour ses habitants, Torodona était un patrimoine. Un lieu hérité de leurs ancêtres. Ils y étaient très attachés. Beaucoup y avaient vu le jour. Leur cordon ombilical y avait été enterré. Ils résidaient là depuis plusieurs générations. Toute leur mémoire était là, dans ce quartier mal famé, connu pour être un repaire de malfrats, d'alcooliques et de prostituées. Pour eux, Torodona, c'était la prunelle de leurs yeux. Ils l'aimaient de toutes leurs tripes. Quartier chéri et adulé, Torodona avait été immortalisé par la cantatrice Manda Amchalloufa dans une de ses chansons :

Torodona fil hillé abona
Torodona bé yalna zogolona
Torodona ! Ayyorona ! Zolomona !

Mais toute cette histoire, tout ce passé ne pesa pas lourd quand fut prise la décision de raser Torodona. Le maire signa l'arrêté sans trembler. Déguerpissement imminent. Prudents, certains habitants préférèrent prendre les devants : ils décampèrent avant le moment fatidique. D'autres, comme les parents de Bourma, prièrent à longueur de journée sous la houlette de l'imam. Ils organisèrent des lectures coraniques dans l'espoir d'une intervention divine pour faire revenir le maire à de meilleurs sentiments. Tu parles ! ricanait Bourma.

Et ce qui devait arriver advint. Un matin, au premier chant du coq, on entendit le vrombissement des bulldozers. Telle une nuée de mouches, ils s'abattirent sur le quartier. Ils s'attaquèrent sans pitié aux maisons en pisé.

Accompagnés par des soldats armés, les engins détruisirent tout sur leur passage. Quelques récalcitrants tentèrent de s'opposer. Mal leur en prit : ils furent chassés à coups de crosse. D'aucuns n'eurent même pas le temps de prendre leurs affaires. D'autres, plus chanceux, purent sauver quelques meubles. La besogne des bulldozers se termina aux alentours de midi.

Définitivement rayé de la carte, voilà Torodona transformé en un immense terrain vague. Il n'en restait plus qu'un amas de torchis et de tôles recouverts par une poussière âcre.

Désormais sans domicile, Bourma et ses parents, comme de nombreux autres habitants, se retrouvèrent à la rue. Ils dormirent à la belle étoile, mangés par les moustiques.

Face à cette situation, Bourma décida d'aller tenter sa chance ailleurs. S'il ne voulait pas mourir dans la révolte et l'amertume comme sa grand-mère, il fallait qu'il bouge. Faire mouvement, c'est déjà sauver sa peau et tenter de construire un futur autre. Profitant du sommeil de ses parents, il subtilisa les bijoux de sa mère et fila à l'anglaise.

3

Cela fait trois mois que Bourma s'est installé dans la capitale, loin de ses darons. Il loge dans une petite chambre au milieu d'une cour peuplée d'individus interlopes. Ici, personne ne connaît son histoire, personne ne connaît son passé. Il pourrait entamer une nouvelle vie.

Désormais débarrassé de la tutelle parentale, il vit seul, libre et indépendant. Autarcique, il n'a de comptes à rendre à personne. Le pied, quoi. Même si, pour le moment, il n'arrive pas encore à tirer son épingle du jeu, il se bat pour mettre toutes les chances de son côté.

Comme de nombreux autres jeunes de son âge, le voilà parti en aventure, comme on dit. Il est venu chercher fortune dans la ville aux cinq millions d'habitants. Joignant difficilement les deux bouts, il survit grâce à des petits boulots, travaillant au gré des jours comme manœuvre dans la construction ou docker sur le port. Il gagne quelques pépettes, rien de bien transcendant, mais cela suffit à ses besoins, en espérant mieux. D'ici là, on croise les doigts.

Dans cette immense agglomération où se côtoient les laissés-pour-compte et les migrants de l'exode rural, il se sent perdu. Pas d'amis, seulement quelques connaissances, et de rares voisins avec lesquels il partage la cour commune. Il les croise souvent au petit matin devant les toilettes aux odeurs nauséabondes. Dans la longue file, chacun attend sagement son tour en serrant les fesses. Des latrines à ciel ouvert où les locataires défilent les uns après les autres, déféquant à grand bruit. Comme si de rien n'était, ceux qui patientent font la sourde oreille. Mais parfois, les pétarades indélicates d'un voisin atteint de chiasse sont telles qu'ils finissent par éclater de rire.

Composées d'une simple fosse recouverte d'une dalle, les latrines s'affaissent parfois sous le poids d'un individu. C'est ainsi qu'un funeste jour, un vieil homme y était resté. Personne n'a eu le courage de le sortir de là. Il s'est enfoncé dans la boue fécale sans qu'on sût quoi faire. Bourma avait assisté à la scène, totalement pétrifié. On appela les pompiers. Le temps qu'ils arrivent, trop tard, le vieux, englouti par les défécations, y avait laissé la vie.

Dans cette promiscuité, une vie de merde. Cette cour minuscule dans laquelle ils s'entassent les uns sur les autres, Bourma n'en a jamais rêvé. En débarquant ici, il prévoit une vie meilleure. « Ah, tu sais Bourma, notre capitale, c'est le paradis, la vitrine de l'Afrique », se vantait-on. Tu parles, se répète Bourma.

Souvent, il regrette d'avoir quitté sa petite ville de province, couvé par sa mère. Souvent, il est saisi par l'envie de regagner ses pénates. Son quartier détruit lui manque cruellement. Mais de toute façon, pas question de retourner dans sa ville natale les mains vides. Ce serait la honte.

Dès qu'il trouvera un emploi, il déménagera dans un quartier décent. En attendant, il se satisfait de cet endroit glauque où, la nuit venue, la cour se transforme en un immense dortoir où des dizaines de corps noirs roupillent à la belle étoile, serrés comme des harengs en caque.

Dans cette cour appelée *célibatorium*, c'est-à-dire dévolu aux célibataires, les bicoques sont soigneusement alignées les unes à côté des autres. Séparées par de minces panneaux de contreplaqué, elles empêchent toute intimité.

Bourma occupe une chambre sommaire, autant dire une cambuse, au fond de la cour, juste de quoi contenir un petit lit, une armoire sans porte, et une chaise brinquebalante.

Ce jour-là, Bourma a encore erré toute la journée à la recherche d'un emploi. Sans succès.

Traînant les pieds, il rentre bredouille chez lui.

Saison sèche, saison de la dèche. Pas grand-chose à se mettre sous la dent. Pour casser la croûte, il se prépare un sandwich au sucre en poudre accompagné d'une tasse de thé. Puis il allume la radio et s'allonge dans son lit, les yeux fixés au plafond en chaume tapissé de toiles d'araignée. Absorbé par ses pensées, il réfléchit à son destin mal fagoté, à cet avenir qui refuse de lui tendre les bras. Trouver un emploi est devenu un tel tourment qu'il en a des crampes dans le ventre. Pour échapper à cette obsession, il se saisit d'un roman de Ben Okri qu'il a acheté la veille dans une *librairie par terre* où les livres sont étalés à même le sol. À peine a-t-il commencé à parcourir l'incipit de *La route de la faim* (« Au commencement était une rivière. La rivière devint une route, et la route sillonna le monde ») qu'il est soudain interrompu par la lecture d'un communiqué à la radio. Il repose le livre et se redresse en tendant l'oreille.

La Fédération nationale de natation, qui vient à peine de voir le jour, recherche des nageurs. Allons bon, se dit-il, en bondissant hors de son lit. Il se précipite pour noter les informations nécessaires. Eh oui, pourquoi ne pas devenir nageur. Après tout, il n'y a pas de sot métier. Lui qui s'est toujours senti exclu de la communauté nationale, trouverait peut-être enfin l'occasion de s'y voir intégrer.

Il est vrai que Bourma ne sait pas bien nager, mais bon, il se débrouille, il n'est pas complètement nul, il patauge quand même. Il lui suffira d'apprendre. À cœur vaillant...

Malgré la présence de la mer dans la capitale, il n'a jamais pris le temps de s'y rendre. Comme tous les enfants de Torodona, il avait appris à nager sur le tas, c'est-à-dire en barbotant dans les marigots recouverts de détritus. Les rares fois où il lui était arrivé de nager vraiment, Bourma ressemblait à un chiot. Mais peu importe. Dans la vie, il faut parfois avoir du culot. « Qui ne tente rien n'a rien, mon fils », lui répétait souvent son père.

Fort de cette maxime, il décide de courir la chance.

Depuis la fin du pétrole, le pays traverse une crise profonde. Le gouvernement, imprévoyant comme la cigale de la fable, a tout dilapidé. Les caisses vides, il n'arrive plus à payer les fonctionnaires. Une situation inédite qui a provoqué un chômage de masse. Pour tirer son épingle du jeu, Bourma est prêt à exercer n'importe quel métier. Hélas, il a vu toutes les portes se fermer à son nez. Souvent, on lui demandait des diplômes qu'il ne possédait pas, des expériences qu'il n'avait jamais eues. Il avait raté tous les tests auxquels il s'était présenté.

Ses nombreux échecs lui rappellent ce maudit bac qu'il avait passé trois fois. Sans succès. Comme la majorité de ses camarades, Bourma aurait pu soudoyer quelque fonctionnaire pour obtenir le diplôme, mais, fier, il refusait de s'abaisser à ces ruses corruptives. Il avait une haute opinion de lui.

Malgré sa probité assumée, il était devenu la risée de son quartier. Ses copains le narguaient : « Un jour, la patrie, à son fils Bourma reconnaissante, te remettra un bac honorifique », persiflaient-ils sur un ton qui se voulait amical. Ils le charriaient d'autant plus que son petit frère et sa sœur avaient pu décrocher le sésame sans coup férir. Un miracle. Grâce à une bourse tombée du ciel, ils sont tous les deux partis étudier à l'étranger. Le frère au Burkina Faso, et la sœur au Maroc.

Bourma s'était retrouvé tout seul dans la maison de ses parents, confronté quotidiennement à leurs reproches. « Espèce de flemmard, va. Vaurien. Parasite. » Il en entendait des vertes et des pas mûres. Des prises de tête permanentes. La barbe. Il n'en pouvait plus. Il a bien fait de se caleter.

Le lendemain, dès l'appel du muezzin, le voilà sur pied, les yeux gonflés par le manque de sommeil parce qu'il n'a pas fermé l'œil de la nuit. Après une douche froide, Bourma revêt sa plus belle chemise blanche, impeccablement repassée par la lavandière du coin. Il enfile ensuite une veste noire élimée, un peu trop large du reste, mais c'est la seule qu'il possède. Confiant, il emprunte une cravate à son voisin sapeur – un Congolais. Ce dernier lui apprend l'art et la manière de nouer une cravate. Pour un entretien d'embauche, le sapeur lui conseille un nœud large et symétrique – le Full Windsor. Le sapeur lui donne une véritable leçon sur les différents nœuds de cravate et Bourma, fasciné, le regarde avec admiration.

Prudent, il se présente au rendez-vous avec trente minutes d'avance. Les bureaux de la Fédération sont provisoirement installés dans un grand hôtel en bord de mer. Une jeune assistante l'accueille avec le sourire et le conduit dans une suite au sixième étage.

« Y a eu d'autres candidats avant moi ? demande-t-il à l'assistante.

— Non. Vous êtes le premier. »

Pas de concurrence en vue, c'est bon signe, ça le rassure. Il prend place dans une petite salle d'attente, et patiente en se rongeant les ongles.

Une heure plus tard, M. Rigobert, le président de la Fédération nationale de natation, le reçoit dans un vaste bureau. Baie vitrée avec une vue imprenable sur la mer. M. Rigobert est un géant en costume-cravate, bedonnant et robuste comme un zébu. Malgré la climatisation, il transpire à grosses gouttes.

À la fin de l'entretien, qui ressemble plus à une simple formalité qu'à un véritable test, M. Rigobert l'engage sur-le-champ.

« Tu as quatre mois pour te préparer pour les jeux Olympiques de Sydney, en Australie. Tu représenteras le pays. On mettra tout à ta disposition pour que tu réussisses. »

Même dans ses rêves les plus fous, Bourma n'a jamais pensé un jour prendre l'avion, et partir à la découverte d'autres contrées. C'est une occasion inespérée. Il accepte avec enthousiasme.

De l'Australie, il ne connaît pas grand-chose. Il sait seulement que c'est terre d'ovalie et paradis des kangourous.

M. Rigobert lui fait signer un papier. Ensuite, l'assistante lui confectionne une licence.

« La première de notre jeune fédération. C'est un privilège, n'oublie pas. On compte sur toi, lui déclare M. Rigobert.

— Je suis très honoré », répond poliment Bourma.

Une poignée de main scelle l'accord entre les deux hommes. Puis M. Rigobert lui remet une enveloppe remplie de billets neufs, une somme d'argent qu'il n'avait encore jamais eue. Oh là là, la baraka ! Bourma s'agite tellement qu'il a failli sauter au cou de M. Rigobert. Mais le regard froid de ce dernier, qui semble le toiser avec une certaine distance, l'en dissuade.

« Voici de quoi t'acheter des équipements pour ton entraînement en attendant la confection d'un maillot aux couleurs du pays.

— Merci, merci, monsieur Rigobert », répète Bourma en se répandant en obséquiosités. Il est sur un petit nuage, comptant et recomptant les billets, mort de rire, comme s'il s'agissait d'une bonne blague. « Tout finit par arriver pour celui qui sait attendre », clame-t-il, en sautillant sur ses deux jambes.

Il sort du bureau de M. Rigobert, heureux comme un pape, prêt à affronter toutes les piscines du monde. Il hèle un taxi, s'installe à l'arrière et s'offre pour la première fois le luxe d'être conduit. Marre de damer le macadam.

Le chauffeur le dépose au marché où il achète trois maillots de bain (des bermudas, en réalité), quelques T-shirts, un pantalon en jeans, et un téléphone Huawei flambant neuf. Il appelle aussitôt son père pour lui annoncer l'excellente nouvelle.

« Depuis quand tu sais nager, toi ? lui demande son père. Qu'est-ce que tu mijotes encore ? »

Bourma se fige, décontenancé par cet accueil glacial.

« C'est pas compliqué, papa, je suis en train d'apprendre. Je représenterai le pays aux prochains jeux Olympiques. »

Un silence.

« Arrête de me faire marcher avec tes bobards, Bourma. »

Son père, cette tête de mule, jamais avare d'une pique pour démoraliser son monde. Bourma abrège la communication et raccroche.

Ce soir-là, pour fêter l'événement, il s'offre un repas de prince dans un restaurant bon marché. Il commande du vin espagnol en brique, aigre et d'une âpreté à vous arracher la langue. Malgré la mauvaise qualité du breuvage, il le boit entièrement avant d'aller faire un tour dans une boîte de nuit. Une envie de s'ambiancer jusqu'au chant du coq. Il danse toute la nuit, laissant exploser sa joie. À la fin de la soirée, il arrive à alpaguer une oiselle. Lili, qu'elle s'appelle. Lili, fille de nuit. Si jeune, et déjà condamnée à ce vil métier.

« C'est un job comme un autre, lui explique-t-elle.

— Tu parles d'une vie… » murmure Bourma.

Issue d'une famille nombreuse dont elle est l'aînée, Lili en est aussi le soutien. Il est de son devoir de faire bouillir la marmite. Elle n'a pas d'autre choix que de traîner dans les bars pour vendre son corps à l'encan. Lili ? Un immense cul, et des seins en forme de juteuses papayes.

Il la ramène chez lui et passe la nuit à la baiser avec une énergie débordante. Cela fait une éternité que Bourma n'a pas touché au corps d'une femme. Il en avait même oublié les délices. Galipette après galipette, Bourma abuse du corps de la petite, ne s'arrêtant que lorsqu'il se retrouve à court de préservatifs.

Au moment de partir, Lili réclame une somme que Bourma juge excessive.

« Tu exagères, toi aussi. Tu ne mérites pas plus que ça, lui dit-il, en lui remettant un billet.

— Ah bon, c'est comme ça que tu es maintenant ? C'est la guerre que tu veux, c'est ça ? »

La garce, peste Bourma.

Loin de se laisser intimider, Lili soulève son pagne et le serre fermement autour de la taille, prête à en découdre.

« Ou tu payes ce que je demande ou je fous le bordel ici », menace-t-elle.

Toutes griffes dehors, la douce et docile Lili s'est transformée en véritable lionne. Elle exige une rétribution au prorata du nombre de coïts, rien de moins. Face à la détermination de Lili, Bourma choisit la voie de la négociation. Palabres. De longues tergiversations qui, loin de convaincre la jeune femme, finissent par l'irriter. Contrariée, Lili se met à faire un boucan indescriptible, criant et tapant des mains.

« Si tu crois pouvoir t'en sortir comme ça, tu te trompes », hurle-t-elle.

Attirés par le chahut, les voisins, tels des suricates surgissant de leur terrier, rappliquent les uns après les autres.

« Qu'est-ce qui se passe ici ?

— C'est quoi, ce bazar ? »

Face aux explications alambiquées de Bourma, les voisins prennent sans hésitation le parti de Lili. Ils témoignent qu'il l'a levée au moins trois fois.

« Tes galipettes n'en finissaient pas, mon pote. Tu nous as empêché de dormir. À cause de tes incartades, on a passé une nuit blanche. »

Confus, Bourma baisse la tête.

« Tu n'as pas honte de vouloir gruger cette pauvre fille ? »

Cerné de toutes parts, il ne peut que se plier à la décision de la majorité. « Chaque travail mérite salaire », lui professe un voisin. Bourma se voit obligé de se débarrasser des derniers billets qui lui restent.

« Va mourir, espèce de crevard ! » lui balance Lili à la figure avant de s'en aller.

4

Pour parer au plus pressé, on improvise à tout-va. La débrouille, toujours. La Fédération a créé de toutes pièces un club de natation dont Bourma est le seul membre. Reste maintenant à trouver un lieu d'entraînement pour notre nageur, sachant que le pays ne possède pas de piscine publique. La rumeur prétend que la construction d'un centre aquatique est imminente. Bientôt la pose de la première pierre, fanfaronne M. Rigobert. Ça nous fait une belle jambe, se dit Bourma. Mais en attendant, il me faut un endroit pour m'exercer.

Sur intervention du ministre des Sports, la direction de l'hôtel du Logone accepte de recevoir Bourma dans sa piscine. « Mais pas tous les jours », précise le gérant de l'établissement, un Français à l'accent chantant. « Bé oui, faut tout de même pas exagérer, hé. » Le lieu est réservé en priorité aux abonnés de la piscine, composés en majorité de ceux qu'on appelle expatriés. À l'inverse des immigrés, eux sont des coopérants, envoyés là dans le cadre d'une assistance à un pays pauvre. Communautaristes avérés et assumés, ils ont horreur de se mélanger à la population locale.

Exceptionnellement donc, Bourma peut disposer de la piscine dont le bassin lui paraît, de prime abord, immense.

Désormais, il peut en faire usage comme bon lui semble. Mais uniquement le lundi et le mardi, de quatre à cinq heures du matin. Putain, va falloir apprendre à se lever aux aurores, se plaint-il. Il n'a pas d'autre choix. C'est la seule piscine de la ville.

Le voilà désormais obligé de quitter le lit au mitan de la nuit, deux fois par semaine. Autant dire une corvée pour Bourma, plutôt habitué aux grasses matinées. Mais il se plie à cette nouvelle discipline sans renauder. Tel un élève studieux, il vient faire ses gammes à l'heure où les autres roupillent.

Parfois, M. Rigobert lui rend visite au petit matin.

« J'aimerais bien avoir un compagnon d'entraînement, lui demande Bourma, une sorte de sparring-partner quoi, je me sentirais moins seul.

— On verra, on verra, répond M. Rigobert. Le problème, c'est qu'à part toi, y a pas eu d'autres candidats, Bourma. Mais, t'inquiète, tu n'es pas seul, je suis là », le rassure-t-il en s'installant sur un transat d'où il surveille Bourma du coin de l'œil. Il l'encourage en lui répétant toujours la même phrase, tel un mantra : « Continue à bosser, ça va venir, y a des progrès. » Des progrès ? Où ça, des progrès ? Bourma n'en voit pas. Depuis le début, il ne fait que barboter. Souvent, il lui arrive de boire la tasse. Aucune évolution notable, il en a conscience. Alors, qu'on ne l'endorme pas avec des fariboles.

Tout compte fait, M. Rigobert ne se moquerait-il pas de lui ?

Bourma se demande ce qui se passe dans la tête de cet homme dodu qui ne quitte jamais ses lunettes noires. « Si tu t'accroches, je suis sûr que tu nous rapporteras une médaille », ose même lui confier M. Rigobert. Croit-il vraiment Bourma capable de décrocher une médaille ?

Plongé dans la lecture de ses journaux, M. Rigobert ne semble pas préoccupé par ce genre de questions. On lui a dit que le pays voulait un représentant aux jeux Olympiques de Sydney. Il s'en charge, point barre. C'est la mission qui lui a été assignée. En bon fonctionnaire, il la remplit avec dévotion. Pour M. Rigobert, il s'agit d'abord et avant tout de se faire voir, de parler du pays et de lui donner une visibilité dans le monde. En réalité, grâce à la participation de Bourma aux Jeux, le gouvernement entend faire la promotion du pays. C'est une décision des plus hautes autorités, entendez par là du chef de l'État lui-même.

Au pouvoir depuis une quarantaine d'années, le président sent venir sa fin. Malade, il se déplace à l'aide d'une béquille suite à une opération de la hanche. À quatre-vingts ans, rongé par un cancer des os, le Vieux, comme on le surnomme, commence à développer des idées souvent fantaisistes, voire même des lubies. Sa dernière folie ? Avoir épousé la miss nationale, une adolescente de dix-sept ans, portant son harem à six épouses. Puis, par décret lu à la radio, il mit fin à toute nouvelle élection de miss. L'histoire retiendra que sa femme fut la dernière du pays. Il n'y en aura pas d'autre.

Depuis quelques mois, le président n'a qu'une idée en tête : laisser une trace intangible dans l'histoire. Il rêve de gloire et veut absolument voir le drapeau du pays flotter quelque part sur la scène internationale. Un de ses conseillers lui a vanté les mérites de la natation, la discipline idéale pour faire connaître le pays et drainer les touristes.

La fin du pétrole ayant provoqué une crise sans précédent, le gouvernement s'est tourné vers le tourisme. Pour développer ce secteur, il faut miser sur le sport afin d'attirer les regards de certains Européens en mal d'exotisme sur ce coin d'Afrique. Or, pour allécher le touriste lambda en culottes courtes et bob sur la tête, un exploit sportif aux Jeux serait du plus bel effet, autant dire le Graal.

Bourma a vu de nombreux experts défiler sur les plateaux de télévision pour expliquer que le tourisme est une activité à fort potentiel, qui plus est génératrice de revenus.

Il est vrai que le pays ne manque pas d'atouts en la matière. Des forêts immenses peuplées de primates et d'oiseaux de toutes les couleurs. Des montagnes, sans compter la mer et les nombreuses plages de sable fin. De plus, le pays jouit d'un ensoleillement exceptionnel : trois cent trente jours par an. Qui dit mieux ? On pourrait rivaliser avec la Tunisie, même avec le Maroc ou l'Égypte…

« Généralement, les Africains sont connus pour participer aux courses à pied. Mais en natation, personne ne s'attend à voir un Africain. Nous créerons une énorme surprise en allant glaner une médaille aux J.O. », prétendait le conseiller du président. Le chef de l'État a trouvé l'idée excellente. Dès lors, faire découvrir le pays à travers la natation est devenu le nouveau credo d'autant que, deux mois auparavant, les footballeurs d'un pays voisin avaient gagné la Coupe d'Afrique des nations. Triomphe planétaire narré par les médias du monde entier. Victoire historique pour ce pauvre petit pays. Aussitôt, les touristes affluèrent. Les caisses se garnirent. « Pourquoi on n'y arriverait pas, nous aussi ? interrogea un jour le chef de l'État. Après tout, notre pays regorge de richesses insoupçonnées ! »

Il est vrai qu'au temps béni où le pétrole coulait à flots, exploité par les amis américains et chinois, le président avait réalisé d'immenses travaux. Des stades avaient été érigés un peu partout, mais aucun sportif ne sortit du lot. L'équipe de football est nulle, celle de basket, n'en parlons même pas. On s'est même essayé au rugby, mais après de nombreuses fractures du nez, il a fallu arrêter le massacre. Quant aux autres disciplines, elles n'existent que de nom. C'est comme si le sport n'intéressait personne dans le pays.

Malgré les nombreux stages organisés pour les jeunes à l'étranger aux frais de l'État, il n'y eut aucun résultat probant. « Mais que fait donc la jeunesse ? » enrageait le président. Une apathie générale semblait s'être emparée de tout le monde. « Ce n'est pourtant pas faute d'y avoir mis les moyens ! Il faut que tout ça change ! » conclut-il, péremptoire.

Le président veut en finir avec cette morosité du monde sportif. Les nouvelles ne sont en effet pas réjouissantes. Il y a deux ans, suite à un déplacement au Caire dans le cadre de la Coupe d'Afrique des nations, l'équipe nationale de football avait été suspendue de toute compétition internationale pour quatre ans. Menés neuf buts à zéro par les Égyptiens bien avant la fin de la première mi-temps, les joueurs n'avaient rien trouvé de mieux que de quitter le terrain. Redoutant une sévère humiliation, ils avaient détalé sous les yeux ahuris du public qui exigea d'être remboursé. Du jamais-vu dans l'histoire du ballon rond.

De retour au pays, les footballeurs avaient été directement conduits en prison sur décision des plus hautes autorités. Ils ont passé deux mois derrière les barreaux, histoire de les pousser à réfléchir au tort qu'ils avaient causé à la nation.

Alors, pourquoi ne pas miser sur la natation ? C'est donc ainsi que cette discipline est devenue le nouveau dada. À charge pour Bourma d'en écrire l'histoire.

Tout en nageant, Bourma ne peut s'empêcher de repenser à cette lourde mission. En cas de fiasco, subira-t-il le même sort que les footballeurs ? Cette question continue de le hanter tandis qu'il s'essaie à quelques brasses maladroites. Il parcourt à peine une dizaine de mètres que le voilà essoufflé, il s'arrête, respirant à grands poumons.

Seul nageur du pays, qui plus est débutant, Bourma décrochera-t-il une médaille aux jeux Olympiques de Sydney ? La presse s'interroge. La question peut faire sourire tant sa naïveté est déconcertante. Mais pour les gens de la Fédération, il ne s'agit pas d'une rigolade. C'est sérieux, ils y croient dur comme fer.

Pourtant, la préparation de Bourma laisse à désirer, ça crève les yeux. Notre homme n'a pas été formé pour cela, mais bon, personne n'y voit un problème. Les agents du ministère des Sports ont toujours procédé ainsi, dans l'urgence, une gestion au petit bonheur la chance, et parfois il arrive que ça marche. Alors, pourquoi pas cette fois !

Cela dit, Bourma n'est pas complètement dupe. Il n'est pas du tout sûr de ramener une médaille. Mais en attendant, ce job, il faut bien l'appeler ainsi, lui permet de boucler les fins de mois et de vivre décemment. Que demander de plus ?

L'essentiel est de participer d'abord, se convainc-t-il. Par la suite, advienne que pourra. Pour le moment, il faut se concentrer sur l'entraînement, d'autant qu'on a mis enfin tous les moyens à sa disposition. Il a eu droit à un nouveau logement à la charge de la Fédération, qui lui verse également une petite rémunération, oh rien d'important, à peine l'équivalent du salaire minimum. « Mais tu en auras plus après les Jeux », lui promet M. Rigobert. Grâce à son entregent, M. Rigobert a pu trouver un sponsor pour Bourma – une société chinoise. Au cours d'un cocktail dînatoire, Bourma reçoit officiellement une moto Haojue KA150-22 des mains du directeur de l'entreprise chinoise.

Pour Bourma, fini le temps des vaches maigres. Fini le temps où il se nourrissait d'un simple sandwich kebab chez les Turcs du marché aux céréales. Certes, pour le moment, il ne gagne pas beaucoup, mais il y a de quoi ambiancer. Il ne tirera plus le diable par la queue. Le voilà désormais heureux comme un gagnant du Loto.

Pour mettre toutes les chances de son côté, Bourma ne se contente plus de la seule piscine, il décide aussi d'aller nager en pleine mer. Mais sa génitrice, qu'il avait mise au parfum, s'affole. La mer, c'est dangereux, lui répète-t-elle sans cesse. Elle lui rappelle aussi cette vieille croyance selon laquelle la mer serait le refuge des djinns. « Ils risquent de t'emporter, mon fils. »

Son inquiétude finit par le gagner. Aussi, pour éviter tout problème et être en sécurité, il s'attache, moyennant un peu d'argent, les services d'un grand pêcheur, Garba. Issu de l'ethnie Dilké, qui a toujours compté d'excellents nageurs, Garba est un maître en la matière. Considérés comme les seigneurs de la mer, les Dilké sont détenteurs d'une gnose séculaire. On les appelle les hommes-plumes. C'est dire qu'ils flottent mais ne coulent jamais.

Chaque samedi, Bourma prend la mer en compagnie de Garba. Là, au milieu des flots, le cinquantenaire aux dents pourries lui apprend les rudiments du métier. Sur les conseils de Garba, Bourma fait quelques mètres non loin de la pirogue, sous le regard attentif de l'homme. Ce dernier lui montre comment bouger ses bras, ses jambes. Sans épater le bourgeois, disons qu'il s'en sort, même s'il manque plusieurs fois de se noyer. Heureusement que Garba, toujours au taquet, est là, vigilant. Il fait son travail avec une conscience aiguë, un homme rigoureux et ponctuel, ce qui n'est pas toujours le cas de Bourma, à qui il arrive souvent d'être en retard, ce qui met Garba hors de lui.

Coach Garba, c'est comme ça que Bourma l'appelle désormais, lui conseille de mettre un peu de discipline dans sa vie de foutraque. « Si je gagne une médaille, je te la dédierai », lui certifie Bourma. Pour Bourma, ce n'est qu'une plaisanterie, une parole en l'air. Mais Garba le croit. Et cette promesse improbable l'émeut jusqu'aux larmes. Garba pense sincèrement que Bourma peut gagner une médaille, qu'il fera connaître le nom du pays dans le monde entier. « Ta mission est d'être au service du prestige national », assène-t-il. Bourma, dubitatif, n'en revient pas. Comment tout un pays peut-il croire en de telles balivernes ? Comment peut-on avaler une telle histoire ? Devenir champion olympique en quatre mois, quel délire ! Mais au pays, nombreux sont ceux qui croient aux rêves, ça fait vivre.

Engagé pour de bon dans cette aventure, Bourma sait qu'il lui revient de se battre corps et âme pour ne pas décevoir ceux qui parient sur lui. Au fond, c'est comme s'il était dans un long tunnel dont il ne voit pas le bout. Le pauvre. Plus moyen de faire demi-tour. Plus de tergiversations possibles. Il faut marcher droit devant. Toujours.

Au fil de ces moments passés ensemble, Bourma et Garba ont fini par tisser de solides liens d'amitié. Ils se retrouvent souvent chez Mama Benz, un troquet au bord de la plage où l'on cuisine le meilleur mérou du pays. Il faut le goûter pour le croire. Cuit à la braise dans des feuilles de bananier, le poisson est agrémenté de quelques condiments locaux qui lui donnent une saveur inégalée.

À l'heure du déjeuner, de nombreux clients se pressent dans ce petit restaurant qui ne paie pas de mine. Mama Benz, la patronne, toujours installée au fond du baraquement, mène son petit monde à la baguette. C'est une grosse femme qui vaut son pesant de cacahuètes. Enfoncée sur un siège en osier, elle tient la caisse et surveille du coin de l'œil les filles qui servent en salle.

À force de fréquenter l'endroit, Bourma et Garba sont traités comme des privilégiés, une table leur est toujours réservée. Mama Benz les accueille avec déférence. Respect pour Bourma qu'elle considère comme un futur champion. « Nous sommes nombreux à compter sur toi, Bourma. » Sans rien dire, il opine de la tête. Puis elle prend elle-même la commande des deux amis et les sert. Elle leur offre deux bières bien fraîches et en profite pour demander à Bourma de lui ramener un steak de kangourou. « J'en ai jamais mangé. Il paraît que c'est très bon, plus tendre et plus moelleux que le bœuf, et plus savoureux que le poulet. » Avant même que Bourma n'approuve sa demande, Mama Benz le remercie comme si c'était déjà acquis. « Moi, je te fais confiance. Toi, tu n'es pas comme nous autres. Tu es fin, élancé, et t'as pas de fesses. Regarde les miennes, dit-elle, je les trimballe comme une remorque. » Et elle les tapote de la main, attirant les regards. Elle parle de cette partie de son corps comme si c'était une pièce rapportée, une sorte de greffe. Bourma et Garba sont pliés de rire tandis que Mama Benz continue de donner des petites tapes sur son derrière, provoquant l'hilarité de la salle. « Oui, en natation, le problème, c'est le pétard. Il paraît que c'est pour ça que nous, les Noirs, on n'est pas bons dans cette discipline. Mais toi, t'as pas ce problème, tu as le cul plat, donc ça ira. Quand on a un gros derrière comme moi, on coule facilement, on n'arrive pas à flotter. Je me demande pourquoi Dieu nous a affublées de ça, nous les femmes. Peut-être pour attirer le regard des hommes. Je sais que ça les excite, mais en réalité, mon petit Bourma, les fesses ça sert à rien. Moi, je transporte les miennes comme une croix. Si je pouvais m'en débarrasser, je le ferais. »

Devant ses clients tout ouïe, Mama Benz se croit sur scène. Avec sa voix haut perchée, elle s'adonne à un mauvais numéro qui semble divertir la salle.

« Tu sais, conclut-elle, si les popotins pouvaient rapporter de l'argent, notre pays serait le plus riche du monde. »

Les fesses, quelle histoire ! En vérité, c'est aussi pour une histoire de fesses que Bourma ne rate aucune occasion de venir chez Mama Benz. Il lorgne une des serveuses, attiré par sa croupe rebondie. Conquis par l'attribut de la jeune femme, il se verrait bien en train de le caresser. Ah, la délicieuse Julie !

Petite et grasse, mais aussi vive et joyeuse, elle lui a tapé dans l'œil depuis le premier jour. À chaque fois que Julie traverse la salle du restaurant, Bourma, attiré par le magnétisme de son postérieur dodu, la suit du regard, la déshabillant outrageusement, essayant de deviner ses formes intimes. Quand Julie se déplace, l'ondulation de ses fesses donne l'impression qu'elle dessine le chiffre huit, mais à l'horizontale. Émerveillé, il la scrute avec une troublante concupiscence. Il la trouve délicieuse et appétissante et sensuelle. La succulence de son corps le fait rêver. Y a pas à dire, Julie sent le sexe à plein nez. Et ça, il adore.

Fin observateur, Garba, qui n'est pas né de la dernière pluie, a remarqué depuis longtemps l'intérêt manifeste de

Bourma pour la jeune femme. Pour Garba, nul doute : Bourma veut la *coller*, c'est évident. *Coller la petite*, telle est désormais l'expression à la mode, le titre d'une chanson qui a fait rage sur les ondes de la radio. Jugée indécente, elle fut interdite sur plainte des religieux et le musicien condamné à deux ans de prison.

Garba, sentant la misère affective et, disons les choses comme elles sont, sexuelle de Bourma, croit avoir trouvé une bonne idée. Pourquoi ne pas proposer sa propre fille en mariage à Bourma ? Cela le calmerait. Ziréga a tout pour le combler. Elle est belle, jeune et instruite. Garba est convaincu que Bourma est promis à un bel avenir dans la natation. Il serait un bon parti pour caser sa fille. Il n'aurait pas à l'entretenir parce qu'elle travaille, Ziréga. Du reste, elle gagne très bien sa vie. C'est elle qui s'occupe des charges familiales. Elle a tout pour elle, il ne manque que l'élu qui lui mettrait la bague au doigt. Hélas, elle n'arrive pas à rencontrer l'âme sœur. Fille timide, Ziréga ne sort pas, ne provoque pas la chance. Alors, de peur qu'elle ne ramène un jour un bâtard à la maison, Garba préfère la pousser dans les bras de Bourma.

Sans prendre de gants, il se jette à l'eau.

« Tu sais, il est temps pour toi de trouver chaussure à ton pied. Si tu dois être un grand homme, il te faut une épouse à ta mesure. Ce sont les femmes qui font les grands hommes.

— Tu as raison, convient Bourma, mais pour le moment, je n'ai pas les moyens. »

Garba se masse alors longuement les mains, l'air songeur.

Puis…

« Ça te dirait de rencontrer Ziréga ?

— Ta fille ?

— Oui, lui répond Garba. Je vous vois très bien ensemble. Vous formeriez un beau couple, j'en suis sûr. »

Bourma esquisse un sourire tout en regardant fixement Garba, l'air un brin rêveur. Un mariage arrangé, quoi. Pourquoi pas, après tout, se dit Bourma.

Sans plus tarder, Garba l'invite à dîner chez lui le soir même. Après le repas, un véritable festin qui a duré une bonne heure, Garba et sa femme se retirent. Bourma et Ziréga se retrouvent en tête à tête. Enfin seuls, se dit-il.

Attentionnée, la jeune femme est allée chercher un *kanoun*, une sorte de fourneau dans lequel elle fait brûler de l'encens. Un parfum capiteux commence à se répandre dans la pièce, chatouillant agréablement les narines de Bourma. Pour la première fois, il ose poser un regard appuyé sur celle qu'on lui propose en mariage, sa promise putative. Elle est belle et douce et pleine de délicatesse.

Ziréga prépare un thé à la menthe tout en répondant à ses questions. À vingt ans, elle est d'une grande maturité. Il n'y a rien à dire, Ziréga est intelligente, et cela lui plaît. Derrière ses airs de fille rangée, elle a des rêves plein la tête. Elle veut devenir hôtesse de l'air.

« Où exercerais-tu ton métier ? Le pays n'a ni compagnie aérienne ni avion !

— Je compte bien travailler chez Emirates. »

Bourma écarquille des yeux, comme s'il n'en croyait pas ses oreilles. L'ambition affichée par Ziréga le touche, sa détermination, cette façon qu'elle a de croire en elle finissent par le séduire. Tombé sous le charme de la jeune femme, il la regarde avec des yeux énamourés. Alors qu'elle a dû arrêter le collège parce que ses parents ne pouvaient pas payer les frais de scolarité, Ziréga, loin de se décourager, s'est retroussé les manches, s'engageant comme bonne à tout faire dans une riche famille. Grâce à son salaire, elle s'est inscrite à des cours par correspondance jusqu'à l'obtention du bac. Putain de bac, se dit-il. Pour le coup, il sent un petit complexe.

Par la suite, Ziréga a étudié l'anglais et l'espagnol. Deux langues qu'elle maîtrise parfaitement, ce qui lui a permis de décrocher un travail dans une ONG humanitaire française, Médecins Missionnaires. Plus il l'écoute, davantage Bourma est conquis par la jeune femme aux idées claires, à la pensée structurée. Elle sait ce qu'elle veut, et cela l'émerveille, lui qui ne sait jamais se décider, qui doute de tout, et n'a point confiance en lui. C'est une fille comme elle qu'il lui faut. Elle ferait une magnifique épouse, une compagne parfaite.

En l'espace de quelques minutes, il lui semble bien la comprendre. C'est comme s'il l'avait toujours connue, et cet épisode ressemble tout simplement à des retrouvailles.

Ziréga et ses mains fines recouvertes de henné. La délicatesse de ses gestes, sa grâce naturelle. Ses yeux en amande sont surlignés d'un léger kôhl qui donne un éclat étincelant à son regard. Sous sa légère robe en coton, une poitrine généreuse. Des seins en obus. Nom de Dieu, se dit-il. Le parfum entêtant de l'encens (mélange de santal et de clou de girofle) finit par créer une sensation de délicieuse torpeur.

Il savoure ces minutes enchantées, hors du temps. Il se vautre sur les coussins de sol posés sur la natte, prend ses aises, s'étire lascivement, heureux de partager ce moment idyllique. Telle la fleur qui éclot au petit matin, il sent son cœur s'ouvrir à une romance inattendue. Putain, qu'est-ce que je me sens bien, s'avoue-t-il. Et soudain, une envie de pousser la chansonnette. « C'est quoi ton nom de caresse ? » lui demande-t-il. Au pays, le nom de caresse, c'est le sobriquet affectueux auquel chaque enfant a droit. En guise de réponse, Ziréga baisse les yeux et sourit, et ce sourire ressemble à l'aurore. Il vaut toutes les promesses du monde. « Désormais, je t'appellerai *Nudaa*, la rosée », lui confie-t-il. Ziréga et ses grosses lèvres pulpeuses – la supérieure dessine une lettre en forme de M. Cette femme est une perfection. S'il ne se retenait pas, il lui baiserait follement la bouche, il la dévorerait.

Ils passent plusieurs heures ensemble. Ziréga, avec sa volupté de féline, s'allonge à ses côtés, polissonne, et soudain, l'envie de l'embrasser le reprend, mais il n'ose pas. Pas le premier soir, estime-t-il. Encore un peu de patience. Surtout, ne pas brusquer les choses. Ne pas effaroucher la bête…

5

Un mois après avoir entamé les entraînements, Bourma est officiellement reçu par le ministre des Sports. La trentaine sémillante. Bourma est séduit par la fringance et le port altier du jeune homme. Costume Armani strict, cravate à fleurs signée Hugo Boss, et montre en or au poignet dont l'éclat captive le regard de Bourma. Il ne la quitte pas des yeux, la scrutant discrètement, essayant en vain d'en connaître la marque. Il a toujours aimé les montres, Bourma, son père était un collectionneur. Il en possédait une centaine, pas de grandes marques, elles valaient à peine deux francs six sous, mais le père y tenait comme à la prunelle de ses yeux. Bourma se souvient des dimanches après-midi passés aux côtés de son père, ce dernier astiquant ses montres pendant de longues heures, les nettoyant avec une huile spéciale pour leur redonner un brillant éclatant. C'est de là que Bourma tient son amour pour les mécaniques horlogères. Un jour, il s'en offrira une belle. En or jaune bien brillant, sertie de diamants. Pas une vulgaire Rolex, non, laissons ça aux crâneurs, aux adeptes de la pimpance, ces piètres sapeurs du dimanche, victimes consentantes de la mode. Non, ce qu'il voudrait, lui, c'est une véritable Parmigiani Fleurier. Il n'a aucune idée de son prix, il en a vu une dans un de ces magazines qu'il lisait à ses heures perdues à la bibliothèque municipale de sa ville.

Le ministre est flanqué d'une jeune femme à la coupe afro, immenses créoles en or aux oreilles, et chemisier blanc transparent qui laisse voir son soutien-gorge marine. Elle tient un cahier dans ses mains, semble noter tout ce que dit le ministre.

« Bourma, au nom du président de la République, je tiens à te présenter les encouragements de l'ensemble du gouvernement et de la population. Sache que tu es désormais l'ambassadeur de notre pays. À ce titre, tu dois nous représenter dignement. Rémadji, ici présente (la jeune femme à la coupe afro lui adresse un large sourire), va désormais s'occuper de ta communication. Elle va t'inventer une biographie alléchante pour que les médias s'intéressent davantage à toi.

— Il faut qu'on arrive à te vendre », complète Rémadji sans se départir de son sourire.

Un silence.

« Pas d'objection ? lui demande le ministre.

— Non.

— Parfait. Je te laisse entre les mains de Rémadji. »

Puis le ministre lui remet un lot de plusieurs ouvrages sur la natation. Bourma le remercie vivement avant d'emboîter le pas à Rémadji. Elle l'entraîne dans les longs couloirs du ministère, le présente aux fonctionnaires du département. « C'est notre étoile montante », fanfaronne-t-elle.

Rémadji interroge Bourma sur ses origines, sa famille. Ils découvrent qu'ils appartiennent à la même ethnie.

« Bingo ! crie Rémadji en lui donnant une tape dans le dos. Nous sommes comme frère et sœur, Bourma ! »

Rémadji a sans doute usé de ses charmes ou prêté allégeance au régime pour accéder à ce poste prestigieux. C'est le prix à payer pour les gens de son ethnie. Des parias, soumis à l'obligation de passer à la casserole pour espérer être intégrés dans le système. Comme tant d'autres, son frère et sa sœur ont mordu, eux aussi, à l'hameçon. Sa frangine passait des bras d'un général à un autre. Son frère, lui, excellait dans le thuriférariat du pouvoir. Probe, Bourma a toujours refusé de manger de ce pain-là. Il aurait voulu savoir comment elle s'y était prise pour briser le plafond de verre, Rémadji. Il meurt d'envie de l'interroger. Mais à quoi bon ? se dit-il. Après tout, chacun a ses raisons.

Dans son immense bureau qui donne sur le grand marché, elle lui sert un sirop d'hibiscus et lui expose tout de go sa stratégie.

« Je veux faire de toi un nouveau personnage. Tu n'es pas né au pays, mais à l'étranger, au Maroc, par exemple. On dira que ton père a travaillé à l'ambassade du pays à Rabat. C'est là-bas que tu as appris la natation.

— Mais vous racontez n'importe quoi, proteste Bourma. C'est pas du tout la vérité.

— La vérité n'a rien à voir là-dedans. Fais-moi confiance, et tout ira bien, lui dit-elle, nullement déstabilisée. L'important, ce n'est pas la vérité, mais la crédibilité de la légende qu'on va créer. Pour le premier nageur du pays, il nous faut inventer quelque chose qui déchire. Du lourd, frangin. Tu comprends ? »

Non, Bourma ne comprend pas. Qu'à cela ne tienne, il doit maintenant assumer ce nouveau rôle.

« C'est pour l'honneur de la patrie, Bourma. »

Putain, dans quelle galère je me suis engagé ! se dit-il.

Rémadji lui remet un dossier où figure sa toute nouvelle identité, avec son parcours et son pedigree circonstanciés. Où il apprend qu'il n'a plus vingt-cinq ans comme l'attestent dûment ses papiers, mais vingt. Il n'a plus quitté le lycée après avoir raté plusieurs fois le bac, mais il est titulaire d'une licence en sciences de l'éducation obtenue en Belgique, à l'Université libre de Bruxelles. Quelle plaisanterie ! « Personne n'ira vérifier », le rassure-t-elle. Il en ricane. Rémadji, imperturbable, le fixe droit dans les yeux sans se laisser démonter.

Dès le lendemain, il se retrouve dans la salle de réunion. Sur la scène, à côté d'une imposante table, se trouve un pupitre recouvert du drapeau national. Les chaises parfaitement alignées attendent. Partout, des caméras et des micros, des dizaines de journalistes trépignent. Parmi les officiels, il y a M. Rigobert, et quelques hauts fonctionnaires du ministère des Sports.

Taraudé par l'anxiété, Bourma se demande comment assumer un tel mensonge. C'est au-dessus de ses forces. Le voilà soudain saisi de suffoquement, les poumons congestionnés, la respiration oppressée. Transpirant à grosses gouttes, il quitte précipitamment la salle pour prendre l'air, il en a besoin.

Paniqué, les mains moites, il fait les cent pas dans les couloirs, l'air préoccupé. Mille questions trottent dans sa tête. Rémadji le rejoint, elle essaie en vain de le calmer.

« T'inquiète pas, tout va bien se passer. Je contrôle tout. Tous ces journalistes, je les tiens par les couilles, ils mangent dans ma main, il n'y a rien à craindre. Ils fileront doux comme des agneaux. »

Sans dire un mot, il piaffe, l'air nerveux. « Détends-toi, frangin. » Il l'écoute à peine. Ne sentant plus ses rotules, il s'assoit à même le sol, épuisé comme s'il sortait d'un match de boxe.

« Ça y est, on peut commencer », hurle la voix de M. Rigobert.

Dans la salle pleine à craquer, Bourma s'est assis à la place qui lui est assignée, entouré par Rémadji sur sa gauche et le président de la Fédération sur sa droite. Derrière lui, le portrait imposant du chef de l'État. Il ne cesse de se retourner pour regarder la photo du président qui semble l'avoir à l'œil. Mort de peur, il fait craquer bruyamment ses doigts. « Arrête, tu me stresses », lui reproche Rémadji. Bourma respire profondément et ferme les yeux tandis que M. Rigobert entame une longue intervention, laborieuse et soporifique. Puis il donne la parole à Rémadji. Elle bondit énergiquement de son siège, et se tient debout face à l'auditoire, le dominant de sa haute taille. Elle prend le temps de fixer le public avec ses yeux brillants de malice. Dès l'exorde de son discours, Rémadji dit tout le bien qu'elle pense de Bourma, un « être rare ». Elle esquisse de lui un rapide portrait dans lequel il ne se reconnaît pas, mais alors pas du tout. Il fait cependant profil bas. Il lui faut bien donner son quitus, cautionner cette mascarade. Rémadji lui tend le micro. Il s'en saisit, plus embarrassé qu'autre chose, la main tremblante. Un long silence. Il promène son regard sur l'assistance, se racle la gorge avant de dérouler son *curriculum vitae*, révélant sa nouvelle identité pour les besoins de la cause.

Place maintenant aux journalistes qui s'empressent de le bombarder de questions toutes plus déroutantes les unes que les autres. Il ne sait plus où donner de la tête. Souvent, il se retrouve coincé, obligé de faire l'impasse sur certaines parties de cette vie qui n'est pas la sienne. Il répond à quelques questions qui le mettent souvent dans des situations inconfortables, provoquant une coulée de sueur sur son front. Rémadji, attentive, vient à sa rescousse. « Bourma n'est pas encore habitué à ce genre d'exercice, mais ça viendra. C'est l'émotion, il faut le comprendre. »

Les journalistes rigolent de bon cœur. Sont-ils vraiment dupes ou ont-ils été payés pour croire à cette histoire ? Quoi qu'il en soit, ils jouent le jeu avec une certaine bienveillance à son égard. Ils respectent l'homme qui ambitionne d'inscrire le nom du pays dans les annales de la natation.

Avec un aplomb inébranlable, Rémadji comble les trous, s'arrangeant avec la réalité, moulinant ses mains dans l'air, tel un vol de colibris. Où va-t-elle chercher tout ça ? se demande Bourma. Rémadji parle avec une assurance désarmante, son sourire engageant fait le reste.

Captivée, l'audience ne quitte pas la jeune femme des yeux, suivant ses moindres faits et gestes, buvant ses paroles. Les journalistes semblent conquis.

Rémadji parle tellement bien de Bourma qu'il en est bouleversé. Il finit par croire à cette histoire somme toute cousue de fil blanc. Au passage, Rémadji ne se prive pas de lui tresser des lauriers, faisant de lui un véritable héros. C'est du bluff, il le sait, et pourtant ça marche. La preuve, les plumitifs prennent frénétiquement des notes. Ils sont tout ouïe. Sans broncher, ils semblent gober le laïus extravagant de Rémadji.

Impressionné par l'audace de la brillante communicante, Bourma n'a d'autre choix que de s'incliner. Du beau travail. Du grand art. Il offre un sourire conquérant au parterre de scribouillards. Il se voit déjà en haut de l'affiche, médaillé des jeux Olympiques. Il marquera l'histoire du pays, c'est évident. C'est écrit, c'est le *mektoub*. Une sourate lui revient en mémoire : « Si Allah veut ton triomphe, nul ne peut te vaincre. » Amen.

Vendre du vent, telle est la mission de Rémadji. Et elle sait y faire. Il est bien obligé de l'admettre. La fiction de Rémadji est crédible, elle peut en être fière. Après tout, cette histoire, c'est elle qui l'a inventée, manigancée, écrite. Qui mieux qu'elle peut la raconter ?

Pourtant, malgré la perfection de ce scénario, quelque chose le turlupine, Bourma. Il aimerait réagir, hurler, dire haut et fort que tout cela est faux, mensonge, affabulation, mais comment porter la contradiction contre cette mise en scène implacable ?

Le jeune homme baisse un moment les yeux, accablé. Des idées se bousculent dans sa tête. Se lever, renverser la table, et se barrer. Mais se rebeller, c'est rater cette occasion unique qui pourrait changer le cours de sa vie. Il se souvient de cette phrase que lui sort souvent sa mère : « Dans la vie, tout le monde choisit son camp, mon fils. » Oui, il a choisi le sien, simple marionnette manipulée avec brio par le tour de prestidigitateur de Rémadji. Le voilà devenu enfin quelqu'un, on s'intéresse à sa petite personne, on s'est déplacé pour l'écouter.

Le lendemain, il est à la une de toute la presse du pays. « Tu vois, c'est dans la poche, se réjouit Rémadji, je t'avais dit de ne pas t'inquiéter. »

Plusieurs articles vantent le charisme de Bourma, son savoir-faire. Propulsé au rang de star, il est célébré partout. Dans la rue, il ne passe pas inaperçu, reconnu par tous pour avoir causé plusieurs fois dans le poste. Il est assailli par des adolescentes hystériques qui l'arrêtent pour lui demander des autographes. Des jeunes femmes s'accrochent à lui, certaines lui proposant même leurs charmes. Quelle histoire ! Bien avant la compétition, la gloire semble déjà lui ouvrir ses bras.

Adulé, il se sent pousser des ailes, fréquente des endroits à la mode où il est reçu comme un dieu vivant. Au fil des jours, il commence à croire à son propre mensonge et à celui de la Fédération, cette gloire fabriquée de toutes pièces.

Il savoure ces moments inoubliables en se regardant dans le miroir qui lui renvoie sa propre image, sa petite bouille lui plaît. Il s'imagine ramenant une médaille de Sydney. Il commence à y croire. Avec l'aide du Tout-Puissant, rien n'est impossible. Mais Bourma n'est pas pratiquant pour un sou. Peut-être devrait-il d'abord se mettre à prier ?

Il est tout à son délire quand, soudain, son téléphone sonne. C'est son père. Aïe, aïe, aïe ! Le daron est furibard, il le traite de renégat, de fils indigne. Bourma encaisse.

« Comment as-tu osé raconter des choses pareilles, Bourma ? Comment oses-tu dire que j'étais diplomate au Maroc alors que je n'ai jamais quitté ce trou à merde ? D'où sors-tu toutes ces conneries ? Je suis un pauvre planton, tu le sais bien. Tu as honte de moi, c'est ça ? »

Bourma aimerait en placer une, mais le père est tellement en colère qu'il ne lui laisse aucune possibilité de s'exprimer.

« Tu n'es qu'un imposteur, Bourma. J'exige que tu reviennes sur tes déclarations fantaisistes et tes allégations foireuses. »

Puis il raccroche.

Bourma reste figé un moment. Le téléphone sonne à nouveau. Cette fois, c'est sa mère.

« Qu'est-ce qui t'a pris, Bourma ? Tu as perdu la tête ? »

Et elle se met à pleurer.

« Je te reconnais plus... Dis-moi ce qui t'arrive, mon fils. On t'a marabouté ou quoi ? »

Gêné, Bourma garde le silence. À l'autre bout, la mère continue de pleurer.

« Ne prends pas les choses comme ça, maman. Écoute-moi, je vais tout t'expliquer. »

Avant qu'il n'ait le temps de parler, la voix tonitruante de son père hurle dans l'appareil :

« Il n'y a rien à expliquer. Je te demande de démentir toutes ces inepties. Sinon, je le ferai moi-même. »

Vexé, le père tourne en rond dans la chambre en maudissant ciel et terre tandis que la mère est prostrée dans un coin.

« Si demain il ne fait pas ce que je lui ai dit, j'organiserai une conférence de presse pour dévoiler toute la vérité. »

Il se laisse choir sur une chaise en fulminant.

« Tu peux être fière de ton fils, éructe-t-il, amer.

— Tu oublies que c'est ton fils aussi. Je ne l'ai pas fait toute seule.

— Cet enfant est une honte », rugit le père, bondissant de son siège tel un animal enragé. Ne pouvant tenir en place, il va et vient, furax.

Vers les treize heures, à l'heure de la prière, une voiture noire sans immatriculation s'arrête devant la maison des parents de Bourma. Deux hommes en costume noir en descendent. Ils sont accueillis par le père de Bourma. Il les invite à s'asseoir, mais ils refusent. « Une tasse de thé ? » Non plus, ils ne sont pas venus pour ça. Les deux hommes le regardent fixement derrière leurs lunettes noires. Ce sont deux colosses à l'allure inquiétante, leur sang-froid lui fait peur. Le père n'en mène pas large.

« Il nous a été rapporté que tu voulais démentir les propos de ton fils. »

Le père, étonné par cette intrusion intempestive, se frotte le menton, jetant un regard intrigué vers sa femme qui a baissé la tête.

Les deux hommes sont envoyés par le gouverneur, autorité suprême de la région. Ils sont là pour exiger le silence des parents de Bourma. « Vous ne devez rien divulguer à qui que ce soit. » L'histoire de leur fils est une affaire d'État, voulue par les plus hautes autorités. C'est dans l'intérêt supérieur de la Nation.

« C'est bien rentré là-dedans ? »

Le père n'a pas d'autre option que d'opiner de la tête. « Motus et bouche cousue, leur assène un des deux hommes. Sinon, vous finirez à Koro Toro. » C'est le nom de la tristement célèbre prison d'où personne ne revient. Les parents ont compris. Promis, juré, ils ne diront rien.

« De toute façon, ajoute l'un des deux hommes, nous vous avons à l'œil, votre téléphone est sur écoute. »

6

Malgré les doutes et les nombreuses interrogations, Bourma arrive, tant bien que mal, à taire ses états d'âme. En plus de ses entraînements à la piscine et à la mer auxquels il se consacre avec assiduité, il passe le plus clair de son temps à lire les ouvrages que le ministre lui a offerts. Ces livres ne le quittent plus, il les emporte partout. Tel un enfant, il se fait un devoir de les apprendre par cœur. Parmi les nombreux ouvrages à sa disposition, il jette son dévolu sur *Les fondamentaux de la natation*, de Michel Pedroletti, son préféré. Il en fait son livre de chevet.

Au fil des jours, la combinaison des entraînements et la lecture des ouvrages ont fini par produire leur effet : selon coach Garba, Bourma a fait des progrès. Oui, il progresse, il le sent. Il est chaud patate, il la ramènera cette médaille. Il croit d'autant plus en sa bonne étoile qu'il a gagné en masse musculaire, avec des biceps beaucoup plus saillants, même si, au passage, il a perdu quelques grammes. Sa silhouette s'est affinée, son thorax a augmenté de volume, les pectoraux sont plus proéminents, et ses épaules plus larges. Cela se voit, c'est imparable.

Trois semaines auparavant, Rémadji l'a convoqué pour rencontrer une jeune diététicienne. Elle lui a prescrit un régime spécial concocté par le chef d'un restaurant où il aura table ouverte. « Désormais, plus d'écarts », lui a conseillé la diététicienne. Il lui faut suivre à la lettre un régime spécial à base de pâtes italiennes. À force, il finit par les connaître par cœur, ces maudites pâtes : les *farfalle*, les *linguine*, les *maccheroni*, les *ravioli*, les *fusilli*... Des pâtes, encore des pâtes, jusqu'à la nausée. Pour lui qui a été élevé au manioc et à la banane plantain, c'est un véritable martyre. La bonne cuisine de sa mère lui manque. Quand il se plaint, le chef lui répond qu'il a besoin de sucres lents.

« Pour être un grand sportif, il faut des sacrifices.

— Tu parles », maugrée Bourma.

Se plier à ces restrictions est un véritable calvaire pour lui. Alors, parfois, quand il en a marre des spaghettis et autres *penne rigate*, il passe outre les interdits. Il s'achète discrètement des brochettes de veau grillées et, ni vu ni connu, il s'en empiffre dans le secret de sa chambre...

En plus de ces conditions drastiques, il doit prendre des cours de communication délivrés par Rémadji. Elle lui apprend comment bien parler, surtout en public, comment maîtriser ses émotions. Elle lui transmet des techniques de prise de parole, des manières de bien se tenir. Filmés par une petite caméra, les cours sont suivis d'exercices pratiques auxquels Bourma se soumet sans renâcler.

Un jour, fatigué par toutes ces théories qui lui paraissent oiseuses, il lance à Rémadji :

« Finalement, tu m'initties à l'art de parler pour ne rien dire. »

Loin d'être vexée, Rémadji affiche son grand sourire et confirme d'un geste de la tête.

« Tu as tout compris, Bourma, la communication, c'est ça. »

Le soir, quand il n'est pas trop épuisé par son programme chargé, il lui arrive de sortir avec Ziréga. Même s'il n'a pas encore osé lui déclarer sa flamme, il en meurt d'envie, ça crève les yeux. Bourma est amoureux. Un jour, n'en pouvant plus de tourner autour du pot, il laisse parler son cœur.

C'est arrivé un soir au cours d'une promenade en bord de mer. Porté par une audace inhabituelle, il saisit fermement la main de Ziréga. C'est balourd, inhabile même, mais c'est tellement sincère que c'en est touchant. « Ziréga, tu me plais. » Voilà, c'est fait. Il se sent libéré. La jeune femme lui sourit tendrement, et le regard qu'elle lui coule dit tout, comme si elle avait attendu cela depuis longtemps. Ziréga ne se laisse pas seulement faire, mais, enhardie, elle lui serre les doigts, les caressant avec beaucoup de délicatesse. Bourma est aux anges. « Sa main dans ma main fraîche », se dit-il, en souvenir d'un poème de Senghor intitulé *New York*.

Ils marchent longtemps, émus de pouvoir enfin exprimer ce qu'ils ressentent l'un pour l'autre. Intimidés par leur propre audace, ils n'arrivent pas à se parler, échangeant tout simplement des sourires niais, comme souvent à la naissance de l'amour, quand la maladresse le dispute à la timidité.

Arrivés au bout de la promenade, ils s'arrêtent, se regardent avec intensité et tombent dans les bras l'un de l'autre. Ils s'embrassent langoureusement, non sans une certaine fougue. Les lèvres de Ziréga, son corps ferme et torride, son parfum aux notes fruitées et acidulées. Ils s'écroulent par terre, roulent dans le sable. « Si tu veux bien, nous nous aimerons jusqu'à la fin des temps », lui glisse-t-il dans l'oreille.

Entrelacés, les deux corps semblent n'en former qu'un seul. Collés l'un contre l'autre, ils rient de bon cœur. Soudain, les voilà envahis par une folle envie de laisser exploser leur joie, de vivre leur bonheur au grand jour. Bercés par les sanglots de la mer, ils courent l'un derrière l'autre, sautillant, gambadant sous le soleil couchant.

Excité, les parties génitales gonflées à bloc, Bourma presse Ziréga de venir chez lui. « Livrons-nous à l'amour, ma belle Ziréga. Donne-moi ton corps, je t'offrirai le mien. » Mais la jeune femme refuse poliment.

« Une fille sérieuse ne va pas comme ça chez un garçon. »

Il n'insiste pas, acceptant à contrecœur la décision de Ziréga. Au fond, il sait que le temps joue pour lui. Ce n'est donc pas ce soir que j'irai à la conquête de ta toison, se dit-il. Mais un jour viendra, je t'enlacerai avec la force du lutteur. Je m'enroulerai telle une liane autour de ta taille. Tôt ou tard, elle finira dans son lit, il en est convaincu.

Ils passent le début de la soirée en se baladant sur la moto chinoise. Accrochée à Bourma, Ziréga lui serre la taille, il sent la pointe de ses seins lui chatouiller le dos. Nom de Dieu, que c'est bon de te sentir tout contre moi, Ziréga. Que c'est bon de sentir ta chair.

Bourma aimerait que ce moment dure une éternité, qu'il ne se termine jamais. S'il en avait le pouvoir, il actionnerait le mode ralenti pour que le temps s'étire encore et encore.

Mais à la fin de la soirée, il a bien fallu convenir qu'il était temps pour Ziréga de rentrer. Les filles sérieuses ne courent pas les rues la nuit. En la déposant chez elle, il tente de l'embrasser, mais non, pas question, les voisins observent. En effet, ici aussi, comme dans sa ville, la rue est peuplée de culs-reptiles. Ils sont là, observant tout ce qui se passe, rien ne leur échappe. Mauvaises langues, ils seraient capables de ternir la réputation de Ziréga.

« Si tu veux qu'on s'embrasse en public, il faut qu'on se marie. »

Il la regarde s'éloigner avec des yeux énamourés.

Il erre dans la ville, enchanté par son amour pour Ziréga. Il sifflote sans cesse, chantant à tue-tête, des rêves plein la tête. Il se verrait bien dans une grande maison au bord de la mer, avec Ziréga bien entendu. Il l'épouserait, elle lui donnerait de nombreux enfants. Il serait entouré d'une belle ribambelle. Il a toujours aimé les enfants, Bourma. Rien que de penser à tout cela, le voilà dans un état de lévitation pour ainsi dire magique. Un pur ravissement.

Deux jours plus tard, alors qu'il est absorbé par la lecture de ses ouvrages sur la natation, Ziréga se présente chez lui. Une visite impromptue qui le met dans tous ses états. Il l'invite à entrer, mais Ziréga hésite. Elle reste sur le seuil de la porte, caressant nonchalamment ses bras nus, la chipie. En vérité, elle minaude, ça n'est pas pour lui déplaire. Sa petite frimousse. La joliesse de son visage. Rien que de la voir, là, à portée de bite, Bourma est tout feu tout flamme.

« Une fille sérieuse n'entre pas comme ça chez un garçon…

— Arrête avec tes histoires de fille sérieuse. Moi aussi je suis un garçon sérieux. Tu peux entrer, je te toucherai pas. »

Il s'approche de Ziréga, colle son épaule contre la sienne. La toucher, sentir son corps, et vibrer d'émotion. Il plonge son regard dans les yeux de Ziréga, et les yeux de Ziréga le transportent. Il est soudain projeté ailleurs. Un autre monde. Dans son rêve éveillé, il la saisit par les épaules, la plaque contre le mur, déchirant sa robe et dévoilant la splendeur de ses nichons…

« À quoi tu penses ? » lui demande-t-elle, le sortant brusquement de son songe. Il écarquille les yeux, revenant enfin sur terre.

« Je pense à la même chose que toi », lui répond-il, coquin.

Ziréga sourit en hochant la tête, elle sort un paquet de son sac et le lui offre. Un DVD. Un film sur le champion de natation russe Aleksandr Popov.

« Tu le connais ? C'est le nageur le plus rapide du monde. On l'appelle la "fusée russe". Je crois que personne n'a égalé son palmarès. Vous êtes nés le même jour. Je te souhaite d'avoir la même carrière que lui. »

Il est touché par ce geste inattendu. Pour lui qui n'a jamais vu d'images de natation, ce cadeau est un don du ciel. Il est curieux de découvrir ce que ce Popov, dont il n'a jamais entendu parler, a réalisé.

Alors que Ziréga s'apprête à partir, un coup de tonnerre éclate. Les dieux sont avec moi, se dit-il. Et le ciel s'assombrit, et le vent se lève. Des bourrasques. Aussitôt, une averse. C'est comme ça dans cette partie du monde, ça tombe sans crier gare. Ziréga n'a pas d'autre solution que de se réfugier à l'intérieur. Il referme la porte derrière elle, se frottant les mains – l'agneau est entré dans la tanière du loup…

Ziréga marche de long en large dans la pièce, promenant son regard partout. Le salon est meublé avec goût, tout est bien ordonné. Si elle vivait là, elle mettrait plus de couleur, du rouge, du bleu, du fuchsia, pour y apporter de la gaieté, de la joie. Les rideaux, elle les verrait en taffetas de Chine, légèrement jaune doré.

Après avoir fait ce qui ressemble à un tour du propriétaire, elle s'affale sur le canapé. Bourma leur sert une tasse de thé. Ils boivent en silence, assis l'un à côté de l'autre tandis que des grêlons cognent violemment contre la porte.

Au moment de se lever pour fermer la fenêtre, Bourma fait un faux mouvement, autant dire un acte manqué. Il pousse un cri de douleur en se tenant les reins. Rien de grave. Juste un mal au dos qui dure depuis que son masseur est tombé malade. Ziréga propose de le masser. Elle ne s'y connaît pas, mais elle veut bien essayer. Il quitte son T-shirt et son pantalon, ne gardant que son maillot de bain, ce bermuda qu'il utilise aussi comme caleçon. Il s'allonge sur le ventre devant une Ziréga figée par la beauté du corps de Bourma. Elle ne peut résister à l'appel de ces muscles saillants, ce corps nu sur lequel elle commence à promener ses mains. Ses doigts remontent la colonne vertébrale jusqu'à la nuque. Emportée par son élan, Ziréga s'affranchit de toute pudeur, serrant fermement les épaules, redescendant jusqu'aux lombaires, elle laisse ensuite sa main s'aventurer vers les fesses. Bouleversée, elle ne peut s'empêcher de poser ses lèvres sur la chair de Bourma. Une bandaison. Il se lève brusquement, l'entourant vigoureusement de ses bras. Ils s'embrassent longuement. Ziréga et ses lèvres au goût de cannelle. Il s'apprête à quitter son maillot de bain quand Ziréga l'arrête d'un geste de la main. « Non, pas avant le mariage. » Il se fige, contrarié. Puis elle sourit et lui dit qu'ils peuvent le faire, mais par-derrière. C'est comme ça qu'elles procèdent, les filles d'ici. Pour préserver leur virginité tant recherchée par les maris, elles s'adonnent aux pratiques sodomites. Il faut bien s'y faire.

Ziréga se déshabille, son corps gracile, ses hanches en forme de lyre, elle s'allonge sur le dos. La poitrine incendiaire de Ziréga. Les ondulements de ses seins coniques à la géométrie impeccable. Les tétons, bouffis et plus pigmentés que le reste de la peau, pointent vers le ciel, de sorte que Bourma peut aisément les prendre dans sa bouche. Perdant tout contrôle, il les mordille furieusement jusqu'à ce que Ziréga s'en plaigne.

« Doucement, Bourma, doucement, tu me fais mal. »

Une pause.

Puis il se remet dans l'exploration de ce corps qui lui fait tourner la tête. « Ma si douce Ziréga », murmure-t-il. Il la couvre de baisers, lui suce les mamelons, fourre sa tête dans sa gorge soyeuse et généreuse, s'enivre de son odeur de fauve, glisse sa langue dans son oreille, lèche son cou, parcourt ses cuisses d'une main tremblante.

Malgré l'interdiction qui lui est faite, il tente à nouveau le coup, mais au moment où ses doigts se posent sur le triangle broussailleux du pénil, poils drus, Ziréga se crispe, protégeant l'entrée de sa framboise d'une main ferme.

« Bourma, je ne veux pas, je ne peux pas. »

Le fruit défendu se referme devant ses yeux. Il aurait tellement désiré lui chatouiller le bijou. Mais bon, oui-da, se dit-il, n'insistons pas. Ce que femme veut, Dieu veut. Il s'incline. Il la comprend, c'est une question d'honneur.

« Une pipe, si tu veux », consent-elle.

Bourma se laisse faire, s'abandonnant dans un délicieux vertige. La langue râpeuse de Ziréga, sa chevelure dans laquelle il plonge ses doigts, tirant dessus comme s'il lui fallait s'y accrocher pour ne pas chuter.

Alors que Ziréga est concentrée sur cette verge tendue comme un arc, elle le complimente : « Belle quéquette, plaisante-t-elle, elle ferait chanter les mules. » Bourma, tout à sa besogne, écarte délicatement les grandes lèvres avec ses doigts. Soudain, telle une fontaine, la rose laisse échapper un liquide visqueux dont l'odeur lui fait tourner la tête. Tel un bouc en rut, il ne se contrôle plus. Il la retourne, mon Dieu, ces superbes fesses. Il entreprend de s'engager dans la porte étroite, ce chemin qui conduit à la perdition. Pour Bourma, une initiation.

La pluie s'est arrêtée.

Les voilà couchés dans le lit, enlacés, corps nus, corps détendus, luisant de sueur dans la pénombre. Épuisé, Bourma est étendu sur le dos, le sexe alangui.

Ziréga se saisit de son téléphone portable et fait jaillir une musique de Bob Marley… *Get up, stand up : stand up for your rights !*

Ils reprennent la chanson en chœur, poussant des cris de joie. Tel un seul homme, ils se lèvent d'un bond et se mettent à danser, emportés par la musique lancinante du Jamaïcain.

Ziréga partie, Bourma rêvasse. Dans sa tête, il rejoue le film de leurs ébats. La présence de son amoureuse est encore palpable. Les traces de rouge à lèvres sur l'oreiller, les taches sur le drap. Son parfum continue d'embaumer la chambre, comme si elle était encore là, allongée à ses côtés.

Installé devant l'ordinateur d'occasion qu'il a acheté chez les Chinois, Bourma visionne le DVD offert par sa bien-aimée. Barcelone 1992. Cinquante mètres nage libre. Le favori est bien entendu le Russe Aleksandr Popov. Une belle bête. Quels biceps ! Quels pectoraux ! À côté de lui, Bourma passe pour un freluquet. Les caméras filment Popov sous tous les angles. Il est grand et beau. Favori de l'épreuve, Popov est concentré, l'air serein. Il regarde droit devant lui en agitant ses bras.

Dès le départ, Popov prend les devants, il ne laisse aucune chance à ses adversaires. Il ne nage pas, il donne l'impression de voler, tel un papillon au-dessus de l'eau. Bourma est fasciné par ce monstre des bassins. Quelle force dans les bras. Il faut voir la perfection des mouvements, la synchronisation des membres. Tout un art. Bourma est ébloui, il commence à prendre conscience que son niveau est loin d'atteindre ne serait-ce que la cheville de Popov. Il accuse le coup, déprime un peu. Pour se remonter le moral, il vide une bouteille de bière. Puis il se dit que ce n'est pas le moment de se décourager. Pas question de se laisser intimider par ce Popov. Certes, il est plus grand et plus doué que lui, mais bon, avec un peu de travail, il va y arriver. Il lui suffit de redoubler d'efforts.

À partir de ce moment, il décide de mettre les bouchées doubles. Désormais, entraînement tous les jours, week-end compris. Le lundi et le mardi tout seul à la piscine. Les autres jours, à la mer, en compagnie de coach Garba.

7

En ce matin pourtant ensoleillé, la mer est très agitée. Elle gronde de toutes parts. De grosses vagues s'écrasent avec fracas sur les rochers de la plage.

« C'est trop risqué de nager avec ce temps, estime Garba.

— Je m'en fous, répond Bourma. Je ne peux pas attendre que la mer se calme. »

N'écoutant que son envie, Bourma se soucie peu du déchaînement de la nature. Les vents violents qui fouettent son visage ne l'impressionnent pas. Une seule idée trotte dans sa tête : s'attaquer tout de suite à la mer pour éprouver les techniques de Popov. C'est une pulsion incontrôlable, ça ne peut pas attendre.

Malgré sa vive contrariété, Garba finit par se plier à la décision de Bourma. Ils prennent place dans la pirogue et s'éloignent, chahutés par les vents et une forte houle.

Face au déchaînement de la mer, Garba supplie Bourma de rebrousser chemin. Mais ce dernier n'en a cure. Il se déshabille et plonge, des images de Popov dans la tête. L'eau est tellement froide qu'il regrette de s'être lancé, mais cela dit, il a choisi, il ne va pas se plaindre. Il lance ses bras, essayant de synchroniser ses mouvements comme ceux de Popov, mais cela manque de fluidité. On est très loin de la mécanique parfaite (souplesse et harmonie) du champion russe. Bourma s'empêtre dans un cafouillage, ballotté par les énormes vagues qui le soulèvent et le projettent plus loin. Petit à petit, la distance entre les deux hommes se creuse. Tandis que Bourma semble emporté par le courant, Garba tente en vain de le rattraper. Pas facile pour ce dernier qui doit progresser face au vent…

Bourma, essoufflé et charrié par les flots, boit plusieurs fois la tasse, risquant même de se noyer. Il lève les bras, criant à tue-tête, appelant à l'aide. Bourma s'éloigne. Désespérément.

Garba, en bon Dilké, fils éternel de la mer, avance à grands coups de pagaie vigoureux. Il arrive à rattraper son protégé. Il lui tend la main et Bourma la saisit fermement. Puis il s'agrippe à la pirogue avec une telle force qu'il finit par la renverser. Les voilà tous les deux dans l'eau. Épouvanté, Bourma s'accroche au dos de Garba, telle une ventouse, il ne le lâche plus, l'empêchant de nager.

« Ils vont se noyer, ces cons », prédit un pêcheur qui devisait avec ses collègues.

Ils sautent aussitôt dans leurs embarcations et partent au secours des naufragés. Ils arrivent à point nommé et sauvent *in extremis* Bourma et Garba.

À bout de forces, Bourma s'allonge dans la pirogue. Il tousse, évacuant quantité d'eau ingurgitée par ses poumons. Garba, l'humeur maussade, l'observe d'un regard noir.

Les pêcheurs se moquent gentiment d'eux. Ils s'en prennent surtout à Garba.

« Quelle mouche t'a piqué, Garba ? C'est pas un temps à sortir en mer. En tant que Dilké, ce que tu as fait est une offense. »

Honteux et confus, Garba ne la ramène pas. Bourma, lui, est dans ses petits souliers. Sans cesser de sermonner Garba pour son imprudence, les pêcheurs les ramènent à quai.

Les pêcheurs partis, Bourma et Garba restent un long moment assis au bord de la mer.

Un long moment de silence que Garba ose enfin briser.

« À partir de maintenant, soit tu écoutes ce que je te dis, soit tu te trouves un autre entraîneur. Pour nous les Dilké, la mer, c'est sacré, ça se respecte. À cause de ton insouciance, tu as failli mourir. Moi, rien ne me serait arrivé parce que je suis protégé par mes ancêtres. Les Dilké ont un pacte de non-agression avec la mer, elle ne s'en prend jamais à nous. Mais toi ? »

Bourma est tellement accablé qu'il ne moufte pas. À l'évidence, il regrette son acte imprudent.

« Si je suis ton coach, poursuit Garba, tu me dois le respect. C'est moi qui commande ou non à la fin ? »

Garba semble très remonté.

« Je suis désolé », murmure Bourma.

Tout à sa colère, Garba ne lui prête même pas attention. À nouveau, un silence s'installe. Long. Pesant. Penaud, Bourma tente de décrisper la situation.

« Allons manger un bout chez Mama Benz, propose-t-il.

— Je n'ai pas faim », lui répond sèchement Garba.

Bourma fait le dos rond, et ne dit plus rien. Garba soupire bruyamment, visiblement tracassé par un souci.

Encore un silence. Interminable.

« Écoute-moi bien Bourma, dit Garba. Ziréga est ma fille unique, je tiens beaucoup à elle. Je tiens surtout à son honneur. Donc, je t'interdis de *blaguer* avec elle.

— Mais je *blague* pas avec Ziréga, coach Garba, je l'aime pour de vrai.

— Alors, épouse-la. Sinon, laisse-la tranquille. Je veux pas que sa réputation en pâtisse. »

Voilà, c'est fait, se dit Garba, enfin soulagé. Il s'est débarrassé de ce qui l'enquiquinait depuis le matin.

« Je suis sérieux, Garba, crois-moi, confie Bourma.

— Quelqu'un a demandé sa main. Si tu ne te dépêches pas, je crois que je vais la lui accorder. »

Pour Bourma, un coup de massue. Mais en réalité, tout n'est que mensonge et intrigues. Sachant que Bourma est amoureux de sa fille, Garba joue le coup de bluff, mettant la pression sur Bourma pour accélérer sa décision. En père soucieux de l'avenir de sa fille, Garba aimerait tellement voir Ziréga se marier qu'il est prêt à jouer son vatout. De fait, toutes les copines de Ziréga se sont fait passer la bague au doigt, sauf elle. Elle n'attire aucun regard, et cela la rend malheureuse, elle le vit très mal. À dire vrai, la gent masculine trouve Ziréga trop instruite. De plus, elle travaille, ça n'arrange rien. Son indépendance financière, gage de possible insoumission et de désir de liberté, fait fuir les potentiels prétendants. Ici, on rêve d'une femme au foyer, une ménagère docile et avenante, assujettie à son mari et réduite à son rôle de mère reproductrice et nourricière, point barre.

« Tu peux pas me faire ça, coach, proteste Bourma. Ziréga est ma promise. En plus, j'étais là le premier.

— Premier ou pas, si tu tardes à te décider…

— J'ai promis de l'épouser après les Jeux.

— Dans ce cas, pourquoi ne pas organiser vos fiançailles avant ton départ pour l'Australie ? Comme ça, Ziréga sera ta promise officielle aux yeux de tous. »

Pauvre Bourma, ferré comme un vulgaire mérou.

« Alors, c'est d'accord, consent-il, faisons ça. »

Une poignée de main scelle l'alliance. Et va pour les fiançailles.

Mais les fiançailles, pour autant qu'elles soient symboliques, n'en demeurent pas moins importantes aux yeux des parents de la mariée. La tradition exige qu'on les célèbre avec faste et ostentation. Pour que tout le monde le sache, jusque dans les villages les plus reculés. Cela nécessite donc de l'argent, des dépenses somptuaires à la charge du seul prétendant. Avec ses maigres économies, Bourma sait qu'il ne pourra pas y faire face. Mais pas question de laisser Ziréga lui filer entre les doigts. Il tient à elle.

Prenant aussitôt rendez-vous avec le gestionnaire de son compte, un jeune homme affable, qui l'accueille avec le sourire, Bourma demande un crédit à la consommation. Mais au vu de ses maigres ressources, on le lui refuse. Il sort de là complètement désespéré. C'est mort, se lamente-t-il.

Lorsqu'il annonce la nouvelle à Ziréga, elle fond en larmes, effondrée.

« C'est parce que tu m'aimes pas.

— Je t'aime comme la prunelle de mes yeux, Ziréga. Mais j'ai pas d'argent.

— Moi, si. »

Un silence.

« Je peux te donner toutes mes économies.

— Tu vas quand même pas payer à ma place, c'est à moi de… »

Ziréga se jette sur lui et l'embrasse tendrement. Puis…

« Tu es sûr que tu m'aimes ? l'interroge-t-elle.

— Bien sûr, mon amour.

— Alors, arrête de tergiverser. »

Elle finit par le convaincre. C'est leur secret, personne n'en saura rien.

Une semaine plus tard, un vendredi à l'heure de la prière du petit matin, la cérémonie est organisée chez Garba. La cour est pleine. Tout le quartier a été convié. Des dizaines d'invités prennent place sur des tapis à l'ombre d'une grande tente. Pour l'occasion, les parents de Bourma ont fait le déplacement. Emmitouflé dans un grand boubou, le père de Bourma fait face à Garba. Cela se passe entre hommes, les femmes sont reléguées dans l'arrière-cour.

Après avoir officiellement demandé la main de Ziréga pour son fils, le père remet l'enveloppe que Bourma lui a glissée discrètement dans la poche. Elle contient les cinq cent mille francs demandés par Garba, et une bague en or. Pour éviter toute contestation, l'imam prend à témoin les invités et compte les billets devant les regards envieux. « Le compte est bon », déclare une voix. L'imam dit une prière, et l'affaire est pliée.

La nouvelle parvient aux femmes qui poussent des youyous retentissants pour informer tout le voisinage. Bourma sourit. On le congratule, il serre des mains. Désormais, Ziréga est sienne. « Mais vous n'êtes pas encore mari et femme, précise l'imam. Donc, jusqu'au mariage, vous devez vous abstenir de toute relation sexuelle. »

La barbe ! grogne Bourma.

« Le mariage devra avoir lieu au plus tard dans un an, sinon, les fiançailles seront caduques », rappelle l'imam.

Le père de Bourma donne sa parole d'honneur : « Nous serons prêts en temps et en heure. »

La fête peut maintenant battre son plein. Les tam-tams rugissent pendant que les convives, entre rires gras et rots bruyants, se partagent un méchoui d'agneau de lait et se séparent joyeux et repus.

Bourma raccompagne ses parents à la gare routière. Présentant son visage des mauvais jours, le père de Bourma semble contrarié. La mère, elle, affiche un visage plutôt radieux. Elle est contente non pas parce que Bourma a trouvé chaussure à son pied, mais parce que, profitant d'un aparté, il lui a remboursé l'argent des bijoux qu'il lui avait volés.

Désormais quittes et pour le coup réconciliés, mère et fils échangent des regards complices tandis que le père maugrée dans son coin.

« S'il ne tenait qu'à moi, affirme-t-il, je ne serais pas venu. Mais ta mère a insisté. Je ne suis pas content de toi parce que tu as trahi ma confiance. Tu as honte de nous, honte de tes origines, tu t'es inventé une nouvelle histoire pour plaire aux gens d'en haut. C'est vrai que je n'ai pas fait de longues études, poursuit le père. Je ne suis qu'un simple planton, mais j'ai quand même obtenu haut la main mon brevet, alors que toi, avec le bac…

— Papa, tu vas pas encore recommencer avec cette histoire…

— Je suis un homme éduqué et cultivé. Pas vrai Assia ? »

Assia, la mère, opine de la tête.

« Tu t'es engagé dans une très mauvaise voie, mon fils. Ce que tu as fait est criminel. Albert Camus a dit : “Le propre de l'homme est de ne pas servir le mensonge.” »

Bourma a déjà entendu parler de cet auteur, mais il ne l'a jamais lu. Quoi qu'il en soit, la citation fait son effet. Bourma, ébranlé, lève des yeux étonnés vers son père. Tout compte fait, il le croyait inculte et avait peu de respect pour lui, mais il ne l'est peut-être pas. Rien qu'à l'idée de s'être trompé sur l'image qu'il s'est toujours faite de son père, Bourma est accablé. Il l'observe un moment, s'attarde sur son visage fin barré d'une grosse moustache, et est soudain envahi par une fulgurante culpabilité. Ému, il ressent l'envie de le prendre dans ses bras. Mais cela ne se fait pas. Dans la famille, on ne s'épanche pas. Il se contente simplement d'adresser un regard affectueux à son paternel.

« Tu fais comme tout le monde, Bourma, tu vas à la soupe. C'est pathétique », ajoute le père, péremptoire.

Bien évidemment, Bourma est loin de partager l'avis de son géniteur. Il aurait voulu tout lui expliquer, mais c'est peine perdue. On n'a pas toujours la chance d'avoir le père qu'on mérite, se dit-il. Le sien a toujours été autoritaire, voire tyrannique. Avec lui, aucune discussion n'est possible. La communication entre le père et le fils a toujours été difficile.

Il s'est lancé dans cette aventure parce qu'il croit en sa bonne étoile. Et puis, tout bien pesé, la natation mérite bien de devenir une discipline respectée sur cette terre. La honte, c'est de ne pas avoir de nageur dans un pays entouré d'eau. Grâce à son engagement, il croit dur comme fer qu'il arrivera à ouvrir une brèche, et que d'autres jeunes le suivront dans cette voie. Il deviendra une référence, il n'en doute pas.

Pour Bourma, le mensonge importe peu, l'essentiel est de jeter les bases d'une culture de la natation.

« Tu crois que la fin justifie les moyens ? » l'interpelle son père.

Acculé par la question, il ne sait que répondre.

Un silence.

Un silence qui dure jusqu'à l'arrivée soudaine du car. Les passagers se précipitent pour monter à bord. Avant d'embarquer, tel un rappel à l'ordre, le père lui récite la sourate XL : « Dieu connaît les yeux perfides et ce que les cœurs recèlent. »

Bourma se rappelle bien cette sourate pour l'avoir répétée *ad nauseam* à l'école coranique quand il était enfant. Mais il s'en soucie comme de ses premières chaussures. Il repense plutôt à la citation formulée par son père qui continue à lui embrouiller le cerveau. « Le propre de l'homme est de ne pas servir le mensonge. »

Cette phrase ne le quitte plus. Parfois, il lui semble même percevoir la voix de son père résonner dans sa tête. Il l'entend partout. À la piscine, quand il fait ses longueurs. En pleine mer, quand il nage en compagnie de Garba. Au lit, quand il est dans les bras de sa dulcinée.

Au fil des jours, cette simple phrase, tel un méchant virus, paraît s'être introduite au plus profond de son être, on eût dit qu'elle lui avait été inoculée. Elle est désormais en lui, circulant dans ses veines, finissant par se loger quelque part dans sa tête, impossible de s'en débarrasser.

« Le propre de l'homme est de ne pas servir le mensonge. » Elle le poursuit partout, il se sent traqué. C'est comme si la phrase s'était transformée en un fantôme, tapi dans l'ombre, ne le quittant pas d'une semelle, le harcelant sans cesse. À la fin, il la voit écrite sur tous les murs de la ville, sur ses draps, sur le corps de Ziréga, dans l'eau de la piscine, sur les vagues de la mer. Pour la rayer, l'effacer définitivement de son esprit, il ne trouve pas mieux que de la recopier plusieurs fois sur un bout de papier qu'il colle sur le mur au-dessus de son lit. Elle n'en devient que plus animée. Avec le temps, elle semble s'être incarnée en véritable être vivant, marchant à ses côtés tel un inséparable ami. Parfois, elle s'installe, là, en face de lui et entame une discussion ardue.

Tel un legs laissé par le père, la phrase est là, imparable, omniprésente. Pour tout dire, obsédante. Elle l'obnubile à tel point qu'il lui arrive souvent de parler tout seul dans la rue. Étonnés, les gens se retournent sur lui. La phrase de Camus l'ayant complètement transformé, Ziréga ne le reconnaît plus. Un étranger.

Bourma perd la tête, se dit Ziréga, il est devenu fou. Inquiète de le voir dans cet état, et ne sachant à quel saint se vouer, elle parvient, après force arguties, à le convaincre de voir un psychiatre.

Elle l'y emmène un beau matin. Dans la pièce minuscule qui sert de salle d'attente, ils sont les seuls patients. L'endroit sent le renfermé comme s'il était inhabité. De vieux journaux trônent sur une table basse, et des bouts de papier jonchent le sol carrelé dont la propreté laisse à désirer. À voir l'état du cabinet, Bourma n'est pas rassuré. « Y a pas grand monde ici, il ne doit pas être doué, ton psychiatre », remarque-t-il.

Soudain, une porte s'ouvre sur un homme d'une soixantaine d'années, maigrichon comme Éthiopien par temps de famine, barbichette blanche, et lunettes rondes sur le nez. Il les invite à le suivre.

Derrière le bureau du psychiatre recouvert de poussière, il y a un jeu d'échecs. Avant de s'enquérir de son patient, le médecin pousse un pion, comme s'il devait continuer la partie qu'il avait entamée en solo. Puis, il se tourne enfin vers Bourma. Ce dernier, agacé par l'attitude du médecin, proche de l'indifférence, hoche la tête en soupirant.

Impassible, l'homme l'observe en silence, l'air revenu de tout. Caressant sans cesse sa barbichette, le psychiatre a un tic de langage, il commence invariablement ses phrases par

« si vous voulez ». « Mais merde alors, je ne veux rien du tout », marmonne Bourma, de plus en plus irrité.

Après avoir longuement interrogé Bourma qui répond à peine, le psychiatre en arrive à la conclusion suivante :

« Si vous voulez, je crois que vous êtes surmené, monsieur. »

La barbe, se dit Bourma, en esquissant un sourire sarcastique.

« Si vous voulez, poursuit le toubib, il vous faut du repos, monsieur. »

Alors là, Bourma, qui n'en pouvait plus depuis un certain temps, éclate de rire. Un fou rire qu'il n'arrive plus à contrôler, malgré les coups de coude de Ziréga.

Nullement touché par le comportement désinvolte de Bourma, le psychiatre reprend tranquillement sa partie d'échecs comme si de rien n'était. Après un moment, Bourma retrouve enfin son calme et finit par se taire. L'homme lève la tête, le fixant d'un regard torve. Loin d'être impressionné, Bourma se fait ironique, se moquant ouvertement du psychiatre.

« Si vous voulez, dit-il, je peux pas me reposer, j'ai pas le temps, une importante épreuve m'attend, docteur. D'ailleurs, le compte à rebours a commencé, il reste plus que quinze jours avant le début de ma compétition. »

Le médecin hausse les épaules, n'insistant pas outre mesure, mais il lui prescrit tout de même des calmants et des somnifères.

Plusieurs jours après ce rendez-vous avec le psychiatre, force est de constater que le traitement médical n'opère pas. Bourma passe toujours autant de nuits blanches à s'interroger et ressasser la phrase de Camus qui, comme si elle avait réveillé sa conscience, l'a plongé dans une profonde réflexion. *Le propre de l'homme est de ne pas servir le mensonge.* Elle est d'une telle justesse, cette citation, qu'elle lui est allée droit au cœur, telle une flèche envenimée. Elle l'a projeté dans une lucidité épouvantable. Agissant telle une révélation, la phrase camusienne le pousse à la révolte. Désormais, il ne veut plus endosser le rôle que la Fédération lui a attribué.

Las et démotivé, Bourma n'a plus aucune envie de s'entraîner. L'âme cafardeuse, il passe ses journées au lit, les fenêtres fermées.

Ziréga le trouve souvent couché dans la pénombre de sa chambre, mal en point. Il n'a plus aucun désir, plus aucune envie. Il traîne tel un lémurien affamé. Pour prendre soin de son fiancé, Ziréga s'est procuré quelques ouvrages de réflexologie. Elle en a entendu parler à la télévision et s'est mis en tête de l'aider grâce à des massages plantaires.

Malgré toutes les attentions qu'elle lui porte, Ziréga n'arrive pas à retrouver son Bourma. N'ayant plus goût à rien, il ne parle pas. Immobilisé par une asthénie totale, il ne bouge pas de son lit, mange à peine. Apathique, le regard éteint, il semble indifférent à tout ce qui l'entoure.

Vu l'état de son fiancé, Ziréga commence à se sentir coupable. Coupable de lui avoir offert le DVD de Popov. Devant les images de Popov, le surdoué, le dieu des piscines, Bourma a pris conscience de son piètre niveau. Il sait qu'il n'est pas compétitif, il ne pourra jamais rivaliser avec ce genre de champion. Ziréga a devant elle un être dégoûté, au bout du rouleau. Il ne veut même plus entendre parler de natation.

Comment faire pour lui redonner le sourire ? Telle est la question qu'elle se pose désormais sans cesse.

Désespérée, elle tente parfois de réveiller la libido de son mec. Elle se déshabille, improvisant un *strip-tease* intégral, se tortillant nue devant son amoureux au son d'une biguine de La Compagnie Créole dans l'espoir de le sortir de sa léthargie. Mais Bourma reste de marbre, insensible, il ne réagit à aucune de ses sollicitations et la regarde à peine. Tant d'indifférence, la honte, Ziréga se sent rejetée. À bout de forces, elle finit souvent par capituler et s'effondre, consternée, pleurant toutes les larmes de son corps.

De guerre lasse, elle appelle son père à la rescousse. Il intervient à son tour, sans succès.

Face à l'absence de résultats, Garba fait appel à un marabout. Des fétiches en veux-tu en voilà, des décoctions à boire. Des bains de plantes, des grigris. Peine perdue. Rien ne permet de faire émerger Bourma de sa prostration. Le jeune homme coule à vue d'œil, enfermé dans un mutisme tenace.

Préoccupée, Ziréga prend quelques jours de congé et, après accord de ses parents, s'installe chez son fiancé. Elle veille sur lui nuit et jour, avec sacerdoce et abnégation.

À l'évidence, Bourma sombre dans les abysses. Dans cette ville où il ne connaît pas grand monde, Bourma est isolé. Ziréga sait qu'elle est la seule personne sur laquelle il peut compter. Alors, brave soldat, elle se donne pour mission de le sauver. À force de l'interroger, elle finit par découvrir ce qui le tourmente. *Le propre de l'homme est de ne pas servir le mensonge.*

C'est donc ça, se dit-elle. Cette phrase, que Bourma a collée au-dessus de son lit, commence à la tarauder, elle aussi. Quel que soit l'endroit de la pièce où l'on se trouve, on ne peut pas la rater, cette maudite phrase. Elle est là, incontournable, écrite au feutre rouge. Qui est donc cet auteur qui perturbe tant son fiancé ? Pour mieux le connaître, elle se rend dans la seule librairie de la ville, prête à acheter toute l'œuvre de cet écrivain. Elle ne trouve que *L'homme révolté*, qu'elle s'empresse d'acquérir et d'offrir à Bourma.

À peine a-t-il saisi le livre que Bourma se redresse comme s'il avait reçu une injection fortifiante. Il en caresse longuement la couverture avant de le feuilleter. Puis il lève des yeux reconnaissants vers Ziréga. Comme par enchantement, un sourire éclaire enfin son visage. Le voilà revenu du diable Vauvert.

« Merci, Nudaa, ma douce. »

Enfin il parle, se réjouit Ziréga en sautillant.

Sans plus tarder, Bourma se met à lire. Il s'arrête parfois pour prendre des notes. Au fil de sa lecture studieuse, il semble peu à peu émerger des ténèbres où il s'était englouti. Ziréga le voit se transformer pour ainsi dire en direct, là, sous ses yeux. Il reprend goût à la vie, s'ouvre tel un pétale de fleur à la rosée du matin. Ziréga sourit, satisfaite, elle retrouve enfin l'homme qu'elle aime. Tout se passe comme si le livre agissait sur Bourma comme un baume miraculeux. Bourma semble renaître, et c'est merveilleux. Pour Ziréga, qui n'en croit pas ses yeux, ce moment est pour ainsi dire une véritable épiphanie.

Bourma, totalement dégourdi, attrape même une bière dans le réfrigérateur et l'avale sans cesser de lire.

Si elle avait su qu'un livre aurait eu cet effet… Qui est donc cet auteur, inconnu d'elle, qui semble subjuguer au plus haut point son fiancé ? Bourma est captivé, sa lecture semble l'emporter ailleurs. Ziréga assiste à une sorte de communion sacrée entre le lecteur et le livre. C'est miracle.

Bourma lit la totalité de l'ouvrage d'une seule traite. Il se lève d'un bond et lance à la cantonade : « Je crois que je sais enfin ce que je veux. » Puis il ouvre en grand les fenêtres, laissant passer un magnifique rayon de soleil. Dans la pièce baignée par la lumière mordorée, il prend Ziréga dans ses bras et l'embrasse vigoureusement.

« Tu te sens mieux ?

— Oui, oui, oui », hurle-t-il en la saisissant par la taille.

Courtoisement, il l'entraîne dans le lit. Transie de bonheur, elle se laisse faire. Elle regarde ce corps magnifique qui la bouleverse à chaque regard. Il s'allonge à ses côtés, la déshabille méticuleusement. Corps nu, corps céleste, se dit-il, savane qui frémit à mes caresses. Il s'empresse de quitter à son tour ses vêtements, la couvrant de baisers, parcourant la chute des reins et les galbes des hanches du bout des doigts. Excitée, Ziréga commence à pousser de petits gémissements. Au moment fatidique où il la renverse sur le dos et s'agenouille au-dessus d'elle, Ziréga se raidit. Elle protège son sexe des deux mains. Un rappel. Le veto est toujours en cours. Pas de sexe avant le mariage. Fors la sodomie, aucun coït n'est envisageable. Ainsi soit-il.

Désormais requinqué, Bourma déborde d'énergie. Sous la douche, il se permet même de pousser la chansonnette. Contente d'avoir enfin retrouvé l'homme qu'elle aime, Ziréga peut maintenant reprendre le chemin du bureau l'esprit tranquille. Avant de le quitter, elle lui propose de se retrouver le soir chez Mama Benz pour un dîner en amoureux. « On va fêter ta ressuscitation. »

8

À quatorze jours de l'ouverture des jeux Olympiques de Sydney, Bourma, tout survolté, se présente un beau matin au bureau de M. Rigobert.

« Alors, tout va bien, champion ?

— Je ne veux plus participer aux Jeux, annonce Bourma tout de go. J'arrête tout.

— Mais tu es malade », s'exclame M. Rigobert en se figeant. Cependant, loin de perdre son sang-froid, il toise longuement Bourma, considérant son agitation pour de la rigolade de mauvais goût. Il les connaît, ces petits sportifs à deux balles. Ils sont prêts à tout pour grappiller. Des parasites. Ils usent souvent du même stratagème pour réclamer plus d'argent, c'est chose fréquente chez ces tarés. Ruse de sportif, plan abortif, se dit M. Rigobert, sûr de son fait. Il connaît la chanson, il ne se laissera pas avoir. Il saura gérer ça avec doigté, il en a l'habitude. Il se caresse le menton en fixant Bourma d'un air entendu.

« Tu veux combien ?

— Je crois que vous n'avez encore rien compris », réplique Bourma en lui remettant sa lettre de démission.

Ce dernier hésite un moment avant de la saisir. À mesure qu'il la lit, M. Rigobert se crispe. Il s'enfonce dans son siège, défait le nœud de sa cravate, et ôte pour la première fois ses lunettes noires, laissant voir des yeux globuleux. Une perle de sueur coule le long de sa tempe. Déstabilisé, M. Rigobert. Il semble gagné par une vive inquiétude. Son visage, au demeurant jovial, affiche une gravité qu'on ne lui connaissait pas. Il lève la tête pour fixer à nouveau Bourma qui soutient son regard avec détermination.

« Entre nous, Bourma, t'es pas sérieux, là ? »

Sans hésiter, il confirme sa décision d'un geste de la tête.

« Tu es fou, tu peux pas faire ça. Dans ce pays, on démissionne pas. »

Pour Bourma, la messe est dite, donc il ne daigne même pas répondre.

« Tu vas nous foutre dans la merde jusqu'au cou », hurle M. Rigobert en bondissant de sa chaise, l'air paniqué.

Il marche de long en large dans son bureau. Puis il décroche son téléphone, appelle Rémadji à qui il expose le problème, lui demandant de le rejoindre toutes affaires cessantes. M. Rigobert raccroche avec rage et essuie d'un revers de la main la sueur qui recouvre son visage. Il pointe un doigt accusateur sur Bourma.

« Tu t'es engagé, on t'a donné de l'argent, un logement, une moto. Qu'est-ce que tu veux de plus, espèce de goujat ? »

Face au ton de plus en plus agressif de M. Rigobert, Bourma reste stoïque. Il sait que le bonhomme aime régler ses problèmes à coups de poing, mais il ne tremble pas, même pas peur, se dit-il.

« Reprenez tout ce que vous m'avez donné, je veux plus continuer. »

M. Rigobert, dépassé, réfléchit un moment, puis, estimant sans doute que la rudesse n'est pas le meilleur moyen pour ramener Bourma à la raison, il tente la voie diplomatique. Il sort des paroles mielleuses auxquelles lui-même ne croit pas, du genre, « tu pourrais être mon fils, tu devrais m'écouter, je ne veux que ton bien ». Mais toutes ces belles paroles glissent sur Bourma comme de l'eau sur le plumage d'un canard. Acculé, M. Rigobert se fait même de plus en plus débonnaire, essayant en vain d'amadouer Bourma.

« On a dépensé beaucoup d'argent pour communiquer sur ta participation, le monde entier est au courant. Il est trop tard pour reculer, Bourma. »

Complètement insensible à la péroraison de M. Rigobert, Bourma regarde loin devant lui, il est ailleurs. Il ne veut plus, point barre.

M. Rigobert essaie d'allumer une cigarette, mais ses mains tremblent tellement qu'il doit s'y reprendre à plusieurs reprises. Il tire plusieurs bouffées, l'air totalement déconcerté.

« Je suis prêt à satisfaire toutes tes demandes, mais je n'accepte pas ta démission. Tu veux une voiture ? Une petite Peugeot ? Ou une japonaise avec toit ouvrant ?

— Vous n'avez toujours rien compris, M. Rigobert. Je veux juste arrêter. Vous voulez que je vous fasse un dessin ?

— Je t'interdis de me parler sur ce ton, beugle M. Rigobert. Putain de merde, ça suffit comme ça, Bourma. »

L'homme est à bout de nerfs. Il va craquer, il va céder, se dit Bourma.

La porte du bureau s'ouvre, et Rémadji entre en trombe. Un ange passe. On entendrait une mouche voler. Rémadji échange un regard avec M. Rigobert avant de s'installer aux côtés de Bourma, lui posant une main délicate sur l'épaule. Toujours cette manie tactile pour essayer de créer du lien, mais ça ne marchera pas. Bourma reste droit dans ses bottes. Ignorant Rémadji qui l'observe en silence, il refuse d'établir tout contact.

Un silence.

M. Rigobert attend, impatient de voir le talent de la communicante à l'œuvre. Il piaffe, curieux de savoir comment elle arrivera à ramener la brebis dans le droit chemin.

Rémadji prend le temps de respirer un grand coup avant de s'adresser à Bourma. Dès l'entame, elle joue la fibre ethnique, parlant à Bourma dans leur langue maternelle commune. La musicalité de cette langue, qu'il ne pratique que de temps à autre avec sa mère, lui rappelle son enfance. À son corps défendant, des images jaillissent dans sa tête : des chants, des danses, le son des tam-tams lors de la fête annonçant la fin de la saison des pluies, le début des récoltes. Cela le touche, mais il ne laisse rien paraître. Comme ils proviennent de la même région, enfants de la même ethnie, issus du même clan, Rémadji tente de faire appel aux racines pour que Bourma lâche du lest. Prendre Bourma par les sentiments, trouver son point faible, et clap, fin de partie. Telle est la stratégie de la jeune femme.

M. Rigobert – qui est d'une autre ethnie – écoute Rémadji sans comprendre le contenu de la conversation. Il entend la voix de la jeune femme se faire douce, parfois cajolante, voire même affectueuse. Mais Bourma reste inflexible. Quand on ne veut pas, pense-t-il, on dit non, c'est aussi simple que ça. Il se tourne vers Rémadji et lui dit calmement : « Arrête ton cinéma. Tu perds ton temps parce que tu parles au hasard. »

Rémadji encaisse le coup, choquée, tandis que M. Rigobert, perdant tous ses moyens, glisse brusquement de sa chaise et tombe à la renverse. Rémadji l'aide à reprendre sa place. M. Rigobert s'essuie longuement le front recouvert de sueur. « Tu nous fous dans de beaux draps, Bourma », dit M. Rigobert. S'ensuit un silence, troublé seulement par le ronronnement de la climatisation. M. Rigobert et Rémadji s'observent, défaits. Puis, soudain hors de lui, M. Rigobert tape du poing sur la table.

« Tu te paies vraiment notre gueule, Bourma, espèce de bâtard. Si tu persistes, ça va mal se passer pour toi. »

Même s'il considère que les propos de M. Rigobert sont vexatoires, Bourma estime que cela relève de la provocation pure et simple, il préfère donc ne pas relever. Il ne faut surtout pas s'énerver, se dit-il, c'est ce que recherche M. Rigobert. Il souhaiterait qu'on en arrive aux mains. Dans cette hypothèse, Bourma n'a aucune chance, M. Rigobert est costaud. Restons calme.

Le trio se regarde en chiens de faïence. Rémadji et M. Rigobert semblent à court d'arguments. Tête baissée, ils regardent leurs souliers.

« Si vous n'avez rien à ajouter, déclare poliment Bourma, je vous demande la route. »

Estomaqués, M. Rigobert et Rémadji échangent un regard, incapables de proférer le moindre mot. Puis…

« Si je ne me retenais pas, je te foutrais mon poing dans la gueule, lui crache M. Rigobert. Espèce de voyou. »

Bourma ne réagit pas, il sait que M. Rigobert est à cran, prêt à piquer une crise. Évitons de lui donner cette occasion.

« Voici les clefs de la moto », dit-il en les déposant gentiment sur le bureau.

Puis il se lève pour s'en aller. Rémadji le retient par le bras, elle le supplie des yeux, lui parle une nouvelle fois dans cette langue qu'ils ont en partage et qui fait d'eux des frères de sang.

« Tu nous mets dans un merdier innommable, Bourma. »

Bourma s'arrache et quitte le bureau sans répondre.

Il sort de l'immeuble de la Fédération, léger comme une plume, l'esprit clair, une bouffée d'oxygène emplit ses poumons. Il court tel un enfant heureux, enfin débarrassé d'un poids insupportable. Il court à perdre haleine dans les rues cabossées de la ville. Qu'il vente ou qu'il pleuve, tiens, il peut même neiger, il n'en a cure. Il est débarrassé d'une mission qui, tout compte fait, n'est pas la sienne. Il rit, fier de lui, fier d'avoir su dire non. Non à cette mauvaise farce. Non à cette servitude dans laquelle il s'est volontairement fourré. Bourma est libre, et rien n'a plus d'importance pour lui.

Il passe la journée à arpenter les trottoirs sans autre raison que de se sentir maître de ses mouvements, maître de son destin.

Le soir, il s'installe chez Mama Benz devant un radieux soleil couchant. Aujourd'hui, transporté par cette légèreté nouvelle, tout lui semble beau. Le bleu de la mer. La brise qui caresse son visage. Le chant des oiseaux. Il ferme les yeux dans une sensation de plénitude totale et laisse vagabonder son âme.

Comme d'habitude, Mama Benz le reçoit avec le sourire et lui offre une bière.

« C'est pour la maison. Tu n'oublieras pas mon steak de kangourou, Bourma, j'y tiens. Ça me fera voyager un peu, cette viande de brousse ! »

Tu peux toujours courir, se dit-il en sirotant tranquillement sa bière. Ziréga ne tardera pas à le retrouver incessamment sous peu. Ils partageront un repas, puis ils iront se balader sur le bord de mer avant de passer un délicieux moment ensemble.

Le temps passe, point de Ziréga.

Bourma avale plusieurs bières, jetant sans cesse des coups d'œil sur sa montre. Il est tard, les clients sont partis, il est tout seul, attendant avec inquiétude sa fiancée qui n'arrive pas. Elle a peut-être eu un empêchement. Il sait qu'au pays, on mène une vie au hasard, tout pouvant arriver de manière brusque, à tout moment – un parent qui décède, une amie qui se fait renverser par une voiture, etc., et tout programme finit par tomber à l'eau. Ici tout est procrastination. Rien ne presse, le temps peut patienter, on ne l'a pas inventé, après tout. Vivre au jour le jour, et prendre la vie comme elle vient. C'est ça, la philosophie.

À vingt-deux heures passées, fatigué d'attendre, il commande un filet de capitaine à la saint-louisienne. Pour ne pas manger seul, il invite Mama Benz à lui tenir compagnie. La patronne du restaurant lui raconte ses malheurs, mais, préoccupé, il ne l'écoute pas. Il se turlupine à cause de l'absence de sa fiancée, car Ziréga est une femme de parole, pas du genre à ne pas respecter les rendez-vous. Pourvu que rien de grave ne lui soit arrivé. Pour calmer l'inquiétude qui le ronge, il ne trouve pas d'autre solution que de s'envoyer encore plusieurs bières.

En rentrant chez lui, il repense à ce qui s'est passé dans la journée. Certes, il est désormais libre, mais que fera-t-il de cette liberté ? Comment donner du sens à sa nouvelle vie ? Sans le sou, comment tiendra-t-il sa promesse d'épouser Ziréga après les jeux Olympiques ? Que deviendra-t-il ? Quel sera son avenir ?

Pour se consoler, il s'accroche à cette phrase qu'il a soulignée en rouge dans *L'homme révolté* : « L'esclave, à l'instant où il rejette l'ordre humiliant de son supérieur, rejette en même temps l'état d'esclave lui-même. »

9

Il est aux alentours de trois heures du matin, au mitan d'une nuit d'encre bercée par un concert de crapauds, lorsque Bourma est réveillé par de violents coups sur la porte. Il se ramasse sur lui-même avant de se lever péniblement. Il marche au radar, titubant tel un bateau qui tangue. L'alcool de la veille coulant encore dans ses veines, la tête lui tourne, et sa gorge est sèche, et sa bouche pâteuse.

Autant dire qu'il est dans le coaltar, arrivant à peine à se mouvoir, s'appuyant contre le mur tandis que les coups redoublent d'intensité.

« Un moment, s'il vous plaît, j'arrive. » Des mots difficilement prononcés, et des rots bruyants. « Euuh ! Euuh ! »

Il s'arrête. Le temps d'émerger de la torpeur.

En ouvrant la porte, il distingue deux silhouettes qui semblent flotter devant lui. Tout est flou. Il lui faut se frotter les yeux pour enfin prendre conscience qu'il est en face de deux soldats armés. Soudain, la peur.

« Qu'est-ce que vous me voulez ? »

Ni salamalec, ni autre forme de politesse, les soldats lui intiment de les suivre. S'il le pouvait, il prendrait la poudre d'escampette, mais vu son état... Il faut en convenir, face à ces malabars, il ne peut opposer aucune résistance.

À peine le temps d'enfiler une chemise, et le voilà embarqué dans une camionnette aux vitres teintées qui sent le poisson fumé. Une envie de vomir.

« Qu'est-ce que j'ai fait, messieurs ? Pourquoi vous m'arrêtez ? »

Personne ne parle, un lourd silence rend l'atmosphère irrespirable.

« Vous êtes sourds ou quoi ? »

Les soldats l'observent en silence, le visage dur.

Suffoqué par l'odeur fétide du poisson fumé, il ouvre la fenêtre. Tel un rappel à l'ordre, un des soldats lui donne un violent coup de pied et referme la fenêtre. Bourma gémit de douleur en se tenant le ventre. Il promène son regard sur les rues vides qui défilent tandis qu'il perçoit au loin les premiers appels des muezzins.

La camionnette roule à bride abattue, slalomant entre les crevasses et autres nids-de-poule. Les secousses sont telles qu'il vomit toutes ses tripes, éclaboussant les brodequins des soldats.

« Tu vas me nettoyer ça tout de suite ! » lui hurle un des soldats.

Bourma n'est pas impressionné par la brutalité du soldat. Il prend le temps de s'essuyer la bouche.

« Avec ta langue, s'il le faut, ajoute le soldat.

— Non, je ne lécherai pas ma propre merde », réplique-t-il d'un air effronté.

Furieux, le soldat se lève pour lui administrer un coup de crosse, mais son compagnon le retient. Le soldat belliqueux se rassoit en serrant les dents. Bourma soutient le regard noir du soldat qui marmonne dans sa barbe. Nullement inquiet, il se dit que tout cela n'est qu'un mauvais quart d'heure. On finira bien par le relâcher. Il n'a rien fait de mal. Que je sache, démissionner n'est pas un crime, se rassure-t-il.

C'est lorsque la camionnette arrive devant le siège de la Sécurité nationale qu'il mesure la gravité de sa situation. Pour le coup, son alcoolémie se dissipe en un claquement de doigts. Il commence à s'agiter, saisi d'une brusque panique. Ce sinistre endroit, tout le monde le connaît. Derrière les hauts murs surmontés de barbelés, des soldats sont postés aux quatre coins, les canons de leurs fusils pointés vers un ennemi invisible. Pouvoir militaire, pouvoir arbitraire, se dit-il. Cette caserne est un lieu de torture et d'interrogatoires musclés, il ne fait pas bon y entrer. Ceux qui échouent là en ressortent rarement vivants. Effrayé, Bourma commence à transpirer abondamment.

Deux soldats en faction procèdent à un contrôle avant de laisser passer le véhicule qui se gare dans la grande cour plantée de margousiers.

Bourma est conduit au sous-sol du bâtiment principal où on l'enferme dans une pièce aveugle. Une cellule étroite qui ne peut contenir qu'une personne. L'exiguïté de l'espace ne permet qu'une seule position : debout. Impossible de faire le moindre mouvement, de changer de position.

Même dans ce lieu lugubre qui sent l'urine et les fèces, ils ont trouvé le moyen de coller le portrait officiel du président de la République, là, sur la porte, juste devant son visage. Avec son sourire carnassier, sa photo est accrochée partout dans les rues, et les bureaux, et les boutiques.

On ne peut y échapper. Depuis sa naissance, Bourma n'a connu que cet homme, président à vie…

Il égrène les heures, épuisé à force de rester vertical. Il sait pourquoi il est là. Gare à ce pouvoir-là. Il l'a provoqué, il en paiera le prix.

Au fil des heures, la chaleur devient de plus en plus accablante. Les murs commencent à suinter. Bourma se débarrasse de sa chemise trempée et l'essore.

Alors qu'il étouffe dans ce réduit, manquant d'air et respirant difficilement, il entend la rumeur lointaine de la ville qui s'éveille. Dehors, la vie continue. Les gens vaquent à leurs occupations. Garba est sans doute déjà au bord de la mer. Et Ziréga, sans nouvelles de lui, doit se faire du souci.

Consumé par la chaleur, il n'en peut plus. Il se met à cogner rageusement contre la porte, tambourinant tant et si bien qu'il finit par se faire mal aux mains. Qu'à cela ne tienne, il se met à crier. Son appel au secours n'émeut personne. Pourtant, des voix lui parviennent de la cour… Bande d'enfoirés, peste-t-il.

Plusieurs heures plus tard, lorsque les mêmes soldats le sortent enfin, il tient à peine sur ses jambes. Ils le soutiennent par les bras et l'embarquent dans une petite voiture pour le conduire dans le bureau du ministre des Sports.

Entouré de M. Rigobert et de Rémadji, le ministre l'observe en silence, l'air menaçant. Déshydraté, la gorge sèche, Bourma rêve d'un verre d'eau fraîche. Cela lui ferait le plus grand bien.

« Je peux avoir un verre d'eau, s'il vous plaît ?

— Ta gueule », rugit le ministre en tapant du poing sur la table.

Fourbu, Bourma se laisse choir sur une chaise.

« Je ne t'ai pas invité à t'asseoir. »

Obéissant, il se lève poliment, se tient droit, les mains derrière le dos. Puis, se tournant vers Rémadji, il s'adresse à elle dans la langue de leur ethnie.

« Rémadji, ma sœur, tu ne vas quand même pas laisser ton cousin crever de soif. »

La communicante ne daigne même pas le regarder, c'est comme si elle n'avait rien entendu. Bourma croise ses bras et se tait, les yeux fixés sur la bouteille d'eau minérale posée sur le bureau du ministre.

« Tu sais comment ça s'appelle, ce que tu as fait ? »

Obnubilé par la soif, Bourma écoute à peine.

« C'est une forfaiture manifeste, poursuit le ministre. Trahir la nation est impardonnable.

— Écoutez-moi, monsieur le ministre..., balbutie-t-il.

— La ferme, petit con. As-tu seulement une idée de ce qu'on fait des traîtres ? »

Vexé, il ne répond pas. Il est excédé par le comportement du ministre qu'il juge inapproprié, alors, perdu pour perdu, il ose fixer le ministre en se disant dans son for intérieur : « Tu peux dire tout ce que tu veux, je m'en bats les couilles. » Il ne sait plus s'il a prononcé cette phrase ou s'il l'a seulement pensée. Quoi qu'il en soit, elle semble être parvenue aux oreilles du ministre.

« Qu'est-ce que tu as dit là ? Tu peux répéter, imbécile ? »

Un silence.

« Tu sais ce que tu mérites ? La mort par pendaison. Pour que cela serve de leçon à tous les emmerdeurs de ton espèce », lui assène le ministre dont les postillons volent dans l'air telles d'infimes gouttelettes.

Les yeux rouges du ministre, le silence de M. Rigobert et Rémadji, les fayots. Tout ça n'a pas de sens, se dit Bourma.

Le ministre se redresse sur son fauteuil, posant ses mains sur les accotoirs :

« Le président de la République, dans sa grande magnanimité, ne veut pas qu'on te fasse de mal. Il te demande raisonnablement (il prend soin de séparer bien distinctement les différentes syllabes) de revenir sur ta décision. »

Bourma baisse la tête, envahi par le doute, certes, ébranlé même, mais visiblement pas vraiment disposé à lâcher du lest.

« Nous avons acheté les billets pour Sydney, payé les chambres d'hôtel pour la délégation. Tu as une petite idée de combien cela nous a coûté ?

— Ma décision est sans appel. Je ne me sens pas capable, vous comprenez ? C'est au-dessus de mes forces, monsieur le ministre. »

Explosant de colère, le ministre, dans un geste maladroit, renverse les dossiers posés sur son bureau. Puis, en toute conscience, il fait valser les stylos et autres tampons. Après un long silence, l'homme se calme, prenant sa tête entre les mains, comme s'il mesurait subitement l'ampleur disproportionnée de son courroux. Pour se contrôler, il respire profondément. Puis il se lève et marche de long en large dans le bureau pendant que M. Rigobert et Rémadji ramassent les effets gisant sur le sol.

Il s'approche de la fenêtre, les mains derrière le dos, semblant réfléchir sur son attitude, indigne d'un membre du gouvernement. Un type de son rang devrait se comporter avec plus de tact, plus de délicatesse. Au fond, il sait que s'il n'arrive pas à convaincre Bourma, c'est son poste qu'il risque. Le président le lui a dit au cours d'une audience. « Si tu ne le ramènes pas à la raison, tu dégages ! » Le ministre se dirige calmement vers Bourma, lui pose la main sur l'épaule, l'air conciliant.

« Arrête tes conneries, Bourma. Réfléchis un peu. On t'a sorti de la merde, on t'a nourri, on a fait de toi un homme. Tu trouves normal de nous chier dans l'assiette ? »

Le jeune homme reste emmuré dans son mutisme. Un silence lourd et pesant au cours duquel le ministre serre les poings, arpentant la pièce à petits pas. Savoir garder mon sang-froid, se répète-t-il.

À l'évidence très contrarié, le ministre perd tout self-control, mais il essaie de maîtriser la pulsion qui l'anime. S'il ne tenait qu'à lui, il boxerait cet abruti jusqu'au sang, petit morveux, va.

Fou de rage, le ministre rejoint Rémadji et M. Rigobert. S'ensuit une messe basse que Bourma essaie en vain de capter en tendant l'oreille. Après un long conciliabule, le ministre se tourne vers lui, un sourire narquois aux lèvres.

« Elle s'appelle comment déjà, ta fiancée ? »

Quoi ? Ils connaissent l'existence de Ziréga ? Comme il tarde à répondre, Rémadji s'en mêle.

« Ziréga », balance-t-elle.

La garce, grogne Bourma.

« Ziréga est aux mains des services de sécurité, annonce le ministre. Elle a été arrêtée hier soir. C'est pour ça qu'elle n'a pas pu te rejoindre chez Mama Benz. Nous savons tout de ta vie, Bourma. N'oublie pas que c'est nous qui t'avons fabriqué. Tu es notre création. Quoi que tu fasses, tu ne peux pas nous échapper. »

Submergé par la panique, Bourma s'affale sur le siège, même si le ministre ne lui a toujours pas proposé de s'asseoir.

« Qu'est-ce que vous lui avez fait ?

— Pour le moment, rien, elle va bien. Nous la gardons au chaud au cas où. La balle est dans ton camp, Bourma. À toi de jouer. Si tu déconnes, c'est la fin de tout le monde. »

Paralysé par la peur, Bourma ne sait que dire.

« J'ai essayé de négocier avec toi d'homme à homme, mais tu es buté comme un âne, tu ne crois qu'au langage de la force. Si tu ne reviens pas sur ta décision, tu ne la reverras plus, ta petite chérie. Et toi aussi, tu disparaîtras. Tes parents ne seront pas épargnés non plus. Même ton frère et ta sœur qui sont à l'étranger en paieront le prix. »

Complètement aux abois, Bourma cherche le regard de Rémadji, peut-être qu'elle lui viendrait en soutien, au nom de leur appartenance ethnique, au nom du *lingui*, ce précepte du vivre-ensemble selon lequel un lien indéfectible unit les gens d'une même communauté. Tu parles, Charles ! Rémadji l'évite comme la peste. Le voilà cerné de toutes parts dans une situation inextricable. Ses idées se brouillent. Les salauds ! Comment se sortir de cette nasse ? A-t-il encore les moyens de camper sur ses positions alors que la vie de Ziréga est en jeu ? Il connaissait la férocité du système, mais il n'avait jamais imaginé qu'il irait jusque-là.

« Alors, tu dis quoi à la fin ? » demande le ministre.

Face à ces menaces, il faut en convenir, aucune échappatoire n'est envisageable. Tel un rat pris au piège, Bourma finit par capituler.

« OK, c'est bon, concède-t-il.

— Quoi ? Je n'ai pas bien compris, là, insiste le ministre.

— Je participerai aux Jeux », confirme Bourma d'une voix fluette.

Le ministre échange un regard complice avec ses acolytes et éclate de rire, fier d'avoir remporté la partie. Il tope dans la main de M. Rigobert. Des sourires éclairent le visage du trio.

Le ministre tend une lettre d'engagement à Bourma.

« Signe. »

Bourma hésite.

« Et ma fiancée, vous promettez de la libérer ?

— Nous la libérerons après ta participation aux Jeux et ton retour au pays. Un conseil : ne fais surtout pas comme certains sportifs africains. Ne te hasarde pas à demander l'asile en Australie. Sinon, ta chérie en subira toutes les conséquences. Nous l'effacerons de la surface de la terre, et ta famille avec. »

Défait, Bourma dépose les armes. Il finit par apposer sa signature devant le ministre infatué de lui-même.

« Maintenant, tu t'es officiellement engagé, tu ne peux plus faire marche arrière. »

Bourma opine du chef.

« Tu peux disposer », aboie le ministre.

Bourma quitte les lieux, la queue basse. Il traîne sa carcasse jusqu'au bord de la mer où il retrouve Garba prostré sur la plage, les yeux rouges à force d'avoir pleuré. Abattu, ce dernier le regarde à peine, l'accueillant froidement. Il lui reproche d'avoir entraîné sa fille dans cette sombre galère. Garba se sent démuni face aux services de sécurité, qui n'ont pas manqué de lui rendre visite. Ils lui ont interdit d'ouvrir la bouche. Toute tentative d'ébruiter cette affaire lui coûtera la vie.

« Un homme privé de parole est un homme mort, philosophe Garba. Ils veulent ma mort », ajoute-t-il en écrasant une larme.

Quand on est vaincu, convient Bourma, il faut savoir admettre sa défaite et l'accepter.

« Je suis responsable de tout ça, reconnaît-il. Je te promets que je ferai tout pour sortir Ziréga de leurs méchantes griffes. »

Ce jour-là, Bourma et Garba, complètement dévastés, ne mangent pas chez Mama Benz, ils n'ont pas faim. Pourtant, Bourma sait qu'il ne faut pas se laisser dominer par le chagrin. Il n'y a pas d'autre solution que de faire contre mauvaise fortune bon cœur. Une seule chose compte désormais : se mettre à l'ouvrage et participer dignement à ces Jeux. La vie de Ziréga en dépend.

À dix jours de l'ouverture des Jeux, Bourma est convoqué par le président de la Fédération. M. Rigobert lui remet un passeport de service et son billet d'avion pour Sydney. Rémadji, de son côté, va s'occuper de son visa pour l'Australie.

Galvanisé à l'idée de nager pour la libération de Ziréga, Bourma redouble d'efforts à l'entraînement. Il passe ses soirées à analyser les techniques du Russe, sa manière si particulière de se mouvoir dans le bassin, les mouvements de ses bras, de ses jambes, sa façon unique de fendre l'eau.

Décidé plus que jamais, le garçon s'adonne à la natation avec une exigence et une rigueur qu'on ne lui connaissait pas. C'est comme si cette terrible épreuve avait forgé en lui une nouvelle éthique. Un moral d'acier face à l'adversité. Il sait désormais qu'il ne nagera pas pour l'argent ou la gloire, mais pour Ziréga. Sa mission est désormais claire : se sacrifier pour sauver la tête de sa fiancée. Quoi qu'il en coûte. La liberté de Ziréga n'a pas de prix. Il nage, et cela semble avoir du sens, et son amour pour la natation s'en trouve décuplé, et sa détermination aussi.

10

Deux jours avant le départ pour l'Australie, Bourma commence à souffrir de violents maux de ventre. Il ne s'agit pas d'une quelconque diarrhée, ou d'une gastro-entérite, ce qui est somme toute fréquent ici, non, là c'est tout à fait autre chose : il ressent la présence d'une énorme boule. Logée au niveau de l'épigastre, elle l'empêche non seulement de manger, mais aussi d'aller à la selle. Il est constipé, la bedaine dure comme une pierre.

N'ayant goût à rien, il n'arrive plus à avaler une seule bouchée. Il se laisse dépérir à vue d'œil.

Alerté, M. Rigobert envoie un fonctionnaire du ministère des Sports pour conduire Bourma chez un médecin. Après consultation, ce dernier ne décèle rien d'anormal.

« Tu n'as rien, jeune homme, lui confie-t-il, juste un peu d'anxiété. Un grand garçon comme toi ne devrait pas se laisser aller pour des broutilles », ajoute le médecin qui lui prescrit quelques vitamines, « histoire de te requinquer un peu, et des narcotiques aussi pour t'aider à retrouver le sommeil ».

Suivant les recommandations du praticien, il se soumet à une prophylaxie sévère. Certes, il a retrouvé le sommeil, désormais plus de nuits agitées, mais pour le reste, il ne constate aucun progrès notable. Autant arrêter ces somnifères qui le transforment en véritable zombie, loque humaine avachie dans une torpeur indolente.

La médecine se révélant incapable d'alléger sa souffrance, en dernier recours, il se tourne vers la religion. Toujours la même histoire avec Bourma, c'est dans les moments difficiles qu'il se souvient de l'existence de Dieu. Lui qui ne prie jamais se remet à la tâche avec un zèle à forcer l'admiration des pratiquants. Il a repris le chemin de la mosquée, fréquentant assidûment la maison de Dieu. Mais aucune intervention divine ne le débarrasse de ses soucis. Pourtant, il en fait, des sacrifices, suivant à la lettre les conseils de l'imam.

Au fil des jours, face à l'absence de résultat, Bourma sombre dans une profonde déréliction. Il est désormais submergé par des questionnements sans fin. Le doute s'installe dans son esprit. A-t-il vraiment les capacités de faire face à ce qui l'attend ?

Taraudé par des questions sans réponse, il se tourne vers Garba.

« Ce n'est pas le moment de renoncer, Bourma, lui enjoint-il. Tu as fait le plus dur, ce qui reste est gérable. Ça va aller. »

Ça va aller ? Tu parles, ouais, se désespère Bourma.

Il faut bien l'admettre : quelque chose semble brisé en lui. S'il ne pensait pas à Ziréga, cette femme qu'il aime pardessus tout et à laquelle il se sent redevable, il mettrait fin à sa vie, point barre.

Vu son état – Bourma semble totalement au bord du gouffre –, Garba décide de l'emmener chez un célèbre féticheur reconnu et respecté de tous. Quelquefois, la tradition, estime Garba, ça a du bon.

Le féticheur, que Garba connaît assez bien pour avoir souvent fait appel à lui, habite assez loin de la ville.

L'homme d'une soixantaine d'années les reçoit dans sa cour, entouré de ses trois femmes et d'une ribambelle d'enfants.

Le salon, orné de peaux de bêtes et d'oiseaux empaillés, dégage une atmosphère étrange.

« Je sais ce qui t'amène ici, je sais de quoi tu souffres », déclare le féticheur sans même prendre le temps de l'interroger.

Cochant toutes les cases de l'ésotérisme, l'homme se proclame aussi voyant, tradipraticien et marabout.

« Déshabille-toi », dit-il à Bourma.

Le féticheur pose ses mains sur le dos de Bourma, parcourant ensuite sa nuque, son thorax. Les yeux fermés, il marmonne des incantations, la tête levée vers le ciel comme s'il s'adressait à une force supérieure.

À la fin de la consultation, l'homme recule en hochant la tête comme s'il avait dégoté l'origine du mal. Puis, saisissant une calebasse derrière lui, il l'ouvre et en sort une amulette. Un grigri que Bourma doit en permanence avoir sur lui, attaché autour du biceps droit. Interdiction de s'en séparer, sauf en cas de relations sexuelles – selon l'islam, explique le féticheur, le sexe est impur par essence. « Il a le don de phagocyter le pouvoir du grigri », dit-il. C'est pourquoi Bourma doit, après toute relation sexuelle, prendre un bain purificateur avant de le remettre.

Pour finir, le féticheur lui conseille aussi de tuer un coq blanc de soixante-six jours. Un coq, pas une poule, précise-t-il.

Sans plus tarder, Bourma se rend illico au marché.

« Comment veux-tu qu'on connaisse l'âge des poules, mon frère ? » ricanent les vendeurs.

Nullement découragé par ces moqueries, il poursuit sa recherche et finit par tomber sur un vendeur plus futé que les autres. Décelant sans doute une certaine naïveté chez le jeune homme, il jure ses grands dieux que le coq qu'il tient entre les mains a deux mois et cinq jours.

« Demain, il aura l'âge requis, je te le jure sur la tête de ma mère. »

Le quidam n'a pas besoin de fournir un gros effort pour arriver à convaincre Bourma.

Le lendemain, dès les premières lueurs de l'aube, il procède au sacrifice du gallinacé, comme le lui a conseillé le féticheur. Pour Bourma, qui ne supporte pas la vue du sang, égorger un être vivant est une épreuve terrible. Cependant, malgré les cris épouvantés du coq, il prend son courage à deux mains et lui tranche la gorge d'un coup sec. Puis, toujours suivant les consignes du féticheur, il en distribue les morceaux aux mendiants.

Préoccupé par ces problèmes collatéraux, Bourma en oublie ses séances d'entraînement. Il a beau faire, son mal-être ne part pas. De plus, depuis quelques jours, il maigrit à vue d'œil, constatant tristement qu'il a perdu près de trois kilogrammes. Grands dieux, se lamente-t-il, que faire contre la mécanique de ce corps qui bloque de partout et me lâche alors que la date fatidique des Jeux approche inexorablement !

À la veille du voyage pour Sydney, Garba invite Bourma à dîner chez lui pour fêter son départ. À cause de l'absence de Ziréga, l'ambiance est plutôt triste. Mais Garba tenait à exprimer sa solidarité et son affection à Bourma au travers d'un repas fastueux.

« Ma femme et moi, nous te souhaitons le meilleur, Bourma. »

Batoul, la mère de Ziréga, a préparé du *kissar*, des galettes de mil avec une sauce au gombo. Malgré la qualité du mets, un plat noble qu'on ne sert que dans les grandes occasions, et que Batoul a préparé en y mettant tout son cœur, Bourma n'a aucun appétit.

« Mange s'il te plaît, fais-moi plaisir, le supplie-t-elle. En Australie, on ne te servira que du steak et des frites. Tu as tort de t'en priver, profites-en. »

Il a beau s'efforcer, il peine. Pour éviter d'infliger un affront à sa belle-mère, il sait qu'il doit y arriver. Alors, il y va, mastiquant sans appétit. Il ne peut s'empêcher de penser à Ziréga. Sans l'impair qu'il a commis, elle aurait été là, à ses côtés. L'absence de sa fiancée lui fend le cœur. « Je suis nul, tout est de ma faute », s'avoue-t-il. Les yeux humectés, il est à deux doigts de pleurer, mais ce serait une honte innommable, un acte hérétique que de laisser couler ses larmes devant ses futurs beaux-parents. Tiens bon, mec, on est garçon ou on l'est pas.

Après avoir pris congé de Garba et Batoul, il erre dans les rues vides de la ville. Il est tard, mais il n'a aucune envie de se coucher. Assailli par un tourbillon de questions sans réponse, il finit par craquer, éclatant en sanglots, les épaules secouées par des tremblements nerveux.

Cette nuit-là est un véritable calvaire. N'arrivant pas à fermer l'œil, il se tourne et se retourne dans son lit, hanté par le visage de Ziréga qu'il voit rôder autour de lui tel un fantôme. En plus du sort de sa fiancée qui le tracasse, sa crainte viscérale de l'avion le tétanise. Une peur lointaine, qui remonte à l'enfance.

Bien des années auparavant, alors qu'il devait avoir six ou sept ans, Bourma avait vu un avion militaire s'écraser sur le grand marché de sa ville, provoquant la mort de dizaines de personnes. À cause de cet accident, il connut, pendant longtemps, des nuits peuplées de cauchemars vertigineux.

Depuis ce tragique accident, il nourrit une frayeur névrotique de l'avion, d'autant qu'il n'a jamais voyagé par les airs. Pour lui, ça sera un baptême et cela ne le rassure pas. Il s'adresse à Dieu, Le prie longuement, Lui demande Sa protection.

Sur les coups de sept heures, fatigué par sa nuit blanche, il se lève et prépare sa valise. Une voiture de la Fédération vient le chercher pour le conduire à l'aéroport.

Après les formalités de police, Bourma se retrouve seul dans la salle d'attente. Au comptoir d'enregistrement, il a vu M. Rigobert accompagné d'une belle jeune femme, vingt ans tout au plus, sa fille peut-être. Cela dit, elle pourrait aussi être son épouse. Ici, les hommes âgés ont une certaine appétence pour les jeunes, c'est une sorte d'investissement pour le futur, une assurance pour leurs vieux jours. À l'heure de la grande fatigue et de l'incontinence imparable, elles pourraient en effet prendre soin d'eux.

Outre M. Rigobert et son accompagnatrice, il y avait aussi Rémadji et deux autres agents du ministère des Sports. Ils ont salué Bourma d'un signe de la main sans s'attarder et disparu dans le salon d'honneur. Réservé exclusivement à une certaine élite et aux notables, il n'y a pas accès, c'est ce qu'une hôtesse lui a expliqué.

À dix heures, il embarque avec d'autres passagers dans un car qui les conduit au pied de la passerelle. Pour la première fois, il découvre le tarmac de l'aéroport gardé par des militaires en armes. Plus loin, des ouvriers s'activent. Des avions siglés UN sont parqués dans un coin de la piste.

Relégué au fond de l'appareil, il s'installe sur le siège du milieu, le 50E, dans une rangée à trois places où il est entouré par deux Asiatiques, des Chinois sans doute. Coincé entre les deux hommes qui parlent bruyamment dans leur langue, Bourma ressent une sorte de claustrophobie. Il se lève, fait quelques pas, parcourant la cabine des yeux dans l'espoir de voir le reste de la délégation. Personne. Les salauds lui auraient-ils faussé compagnie ?

Il est mal à l'aise. Avant même de quitter son pays, il se retrouve étranger dans cet appareil où il est le seul Noir parmi de nombreux Européens et Asiatiques.

Pour la première fois, Bourma éprouve ce sentiment d'être en minorité et ce qu'il ressent est d'une violence inouïe.

Accablé, il regagne sa place en se rongeant les ongles. À peine s'est-il assis qu'il voit apparaître Rémadji au bout de l'appareil.

« Alors, tout se passe bien ? »

Il hoche négativement la tête.

« Mais vous êtes où ? Pourquoi on n'est pas tous ensemble ? »

Rémadji le rassure, lui disant de ne pas s'inquiéter, blabla, elle lui expliquera plus tard.

« Je peux venir avec vous, Rémadji ? Ici, je me sens vraiment perdu.

— Non, Bourma, tu peux pas, ta place est ici.

— Mais regarde, je suis le seul...

— Et alors ? Personne ne va te manger. »

Pour lui faire avaler la pilule, Rémadji promet de revenir le voir. Qu'il ne s'inquiète pas.

« Tout se passera bien, tu verras. J'ai parlé aux hôtesses, elles vont s'occuper gentiment de toi. »

Dépité, il la regarde s'éloigner et disparaître derrière un rideau.

Après la « fermeture des portes et vérification de la porte opposée » énoncée par la cheffe de cabine, l'avion entame son roulage pendant un long moment avant de prendre son envol.

Bourma s'accroche à son siège, il est raide tel un bout de bois, c'est comme si son sang avait cessé de couler. Mort de frousse, il transpire abondamment. Les secousses de l'appareil, les changements brusques de régime, tout ça n'est pas fait pour le rassurer. Il ferme les yeux, psalmodie quelques sourates protectrices. Soudain, comme sous l'effet d'une violente poussée, il sent ses tripes lui remonter dans la gorge. Il tente de bondir de son siège, mais la ceinture l'en empêche. Saisi brusquement d'une claustrophobie affolante, il commence à hurler, exige qu'on arrête l'avion, il n'en peut plus, qu'on le débarque. Alors que les autres passagers l'observent étrangement, l'hôtesse, assise plus loin, lui fait signe de se taire.

« Calmez-vous, monsieur, s'il vous plaît, restez assis.

— Je vous emmerde, lui crie-t-il, je veux descendre. »

Alors qu'il continue de vociférer à tue-tête, il est brusquement saisi de nausées. Oups ! Et voilà qu'il régurgite le peu de nourriture qu'il a mangée la veille. Un liquide verdâtre, la sauce au gombo, se répand sur le sol et sur le dossier du siège devant lui. Tel un robinet, sa bouche laisse jaillir le reflux. Son voisin lui tend une pochette prévue à cet effet. Il y vomit toutes ses tripes. Cela dure un bon quart d'heure. Pour Bourma, autant dire une éternité. Peu à peu, l'avion se stabilise, et les choses rentrent dans l'ordre.

L'hôtesse vient le voir, s'agenouillant respectueusement à ses côtés. Elle l'interroge en anglais, mais vu les grands yeux qu'il ouvre, elle comprend très vite qu'il ne parle pas la langue de Shakespeare. Qu'importe, l'hôtesse continue de lui parler, longuement, serviable et attentive. Elle n'a pas d'autre souci que de prendre soin de lui. Les propos de la femme le détendent, le voilà rasséréné. Il peut enfin respirer.

Maintenant, tout est calme.

Certains passagers se sont endormis. D'aucuns ont quitté leur siège, circulant tranquillement dans les allées, insouciants. D'autres enfin font la queue devant les toilettes. De leur côté, les hôtesses ont entamé le service. Tout paraît normal, y a pas le feu dans la brousse. Face à la sérénité des autres passagers, Bourma est embarrassé d'avoir perdu son sang-froid. Il regrette de s'être laissé aller à un tel abaissement.

Penaud, il garde la tête baissée tandis que ses voisins chinois conversent en pouffant de rire. Peut-être se moquent-ils de lui, les salauds. Putain, la honte.

Petit à petit, l'avion atteint sa vitesse de croisière, et Bourma, épuisé par son dégueulis, sombre dans un profond sommeil jusqu'à l'atterrissage de l'appareil à Dubai.

Délaissé par le reste de la délégation, qui a trouvé refuge dans un salon VIP exclusif, il rumine sa colère contre ce qu'il considère comme une ségrégation de classe.

11

Confortablement assis dans le Boeing 747 de la compagnie Qantas, il semble avoir vaincu son mal de l'air. Cette fois, il n'a pas vomi. Il est même serein, détendu. Dans l'avion plein comme un œuf, des immigrés, des visages de toutes les couleurs et de toutes les origines : Indiens, Libanais, Philippins. Une douce cacophonie règne dans l'appareil. Bourma se laisse bercer par les voix suaves et finit par s'endormir.

Cinq heures plus tard, lorsqu'il rouvre enfin les yeux, l'avion a déjà entamé sa descente vers Sydney.

À travers le hublot, il perçoit les premières loupiotes de la ville. Minuscules telles des lucioles, elles semblent onduler.

« Alors, tout s'est bien passé, Bourma ? lui demande M. Rigobert à la sortie de l'appareil où tout le groupe l'attendait.

— Non, pas du tout. Vous m'avez abandonné tout seul pendant que vous étiez en classe affaires, est-ce que c'est bien, ça ? »

Malaise dans les rangs.

« Vous croyez que c'est du respect, ça ? »

L'interpellation frontale de Bourma crée même une certaine gêne. À défaut d'explication plausible, on tourne la tête, on fait la sourde oreille. Bande d'enfoirés, se dit-il.

Manque de pot, même aux formalités de police, il se retrouve séparé du groupe : il est le seul à se faire embarquer par des agents de la douane...

Dans le taxi monospace qui les conduit en ville, l'ambiance est tendue. Silence de mort. Les sourcils froncés et la bouche en cul-de-poule, Bourma boude dans son coin. Tandis que les autres, émerveillés, ont les yeux rivés sur les gratte-ciel qui surgissent à l'horizon tels d'énormes champignons, Bourma, lui, s'est replié sur lui-même, gardant la tête baissée, et bougonnant des paroles indistinctes.

Le taxi les dépose à l'entrée d'un immense ensemble de pavillons : le village olympique. Parmi les innombrables drapeaux, Bourma arrive à repérer celui de son pays. Grâce à lui, les couleurs de sa terre natale flottent dans cette partie du monde. Cela lui fait chaud au cœur.

Accueilli par deux charmantes jeunes femmes, il reçoit son badge et la clef de sa chambre. La 311, au troisième étage d'un immeuble qui en compte cinq. On lui remet aussi un sac avec le logo des Jeux. Toujours de mauvaise humeur, il s'en va sans même dire au revoir au groupe.

« Rendez-vous demain à dix heures, Bourma. Je viendrai te chercher. Surtout, pas de retard, s'il te plaît. »

Bourma ne prend même pas la peine de répondre et s'éloigne à grands pas.

Composée d'un lit à une place et d'une penderie, la chambre donne sur un magnifique jardin. À côté de la fenêtre trône un téléviseur à écran plat. Il l'allume, rien d'intéressant. Que des émissions en anglais. Très peu pour lui. Sur la droite, une salle de bains avec baignoire. Le luxe. Lui qui n'a jamais pris de bain de sa vie en profite. Il fait couler de l'eau chaude et se prélasse longuement.

Il doit être aux alentours de minuit, mais il n'a pas sommeil. Malgré la fatigue due au décalage horaire, il se sent en pleine forme. Au pays, il est encore tôt, juste le milieu de l'après-midi. Ici, dans cet hémisphère Sud, on marche sur la tête, se dit-il, c'est renversant. Attiré par les lumières de la ville, il a envie de l'explorer. Le meilleur moyen de connaître une ville est de s'y perdre, se laisser guider au hasard des rues.

Ses pas le mènent dans un magnifique parc dans l'enceinte même du village olympique. La douceur de la nuit lui rappelle l'hivernage chez lui. Aucune présence humaine. Tout est calme. Seul le bruit lointain de la circulation trouble le silence.

Il erre dans les allées vides du parc et soudain, telle une apparition, la silhouette d'une jeune femme. Elle avance vers lui, la démarche aérienne, sa longue chevelure agitée par le vent. Comme lui, elle semble esseulée, à moins qu'elle ne souffre d'insomnie. Ils échangent un regard, et dès ce premier regard, quelque chose se passe, Bourma ressent une petite vibration. Comme deux vieilles connaissances, ils se saluent d'un geste poli de la tête, puis, spontanément, entament la conversation.

La jeune femme est belge. Ans, qu'elle s'appelle. Vingt-sept ans. Une Flamande. Ah, les Flamandes, se dit-il – en se rappelant la chanson de Jacques Brel. Cycliste sur route,

Ans est venue défendre les couleurs de son pays. Elle ne maîtrise pas parfaitement le français, mais en tendant l'oreille, il arrive à la comprendre.

Bourma et Ans partagent leurs angoisses, mais aussi leurs peurs, leurs doutes. Cela dit, Ans est moins inquiète que lui. Pour elle, ce n'est pas la première fois. Elle a déjà participé à deux olympiades, elle a même remporté une médaille de bronze. Ils discutent de tout et de rien, longtemps, et ne se quittent qu'aux aurores.

Quelques heures plus tard, la voix tonitruante de M. Rigobert le sort brutalement de son sommeil :

« Bonjour Bourma, tu es prêt ? »

Encore tout endormi, il prend le temps de s'étirer longuement avant de jeter un coup d'œil à sa montre.

« Oui, juste le temps de prendre une douche. »

Après quoi, il enfile son survêtement aux couleurs du pays, rejoignant à petites foulées M. Rigobert qui commençait à s'impatienter.

« Tu as vingt minutes de retard, Bourma, le sermonne M. Rigobert. Il est temps que tu apprennes à être à l'heure. Tu n'es pas à Torodona, ici.

— Y a pas le feu dans la brousse, M. Rigobert », tempère-t-il.

Pour Bourma, ce rendez-vous est informel, rien de plus. Il n'y a donc aucune raison d'être ponctuel.

M. Rigobert le conduit à la piscine de Homebush Bay au sein de l'Aquatic Center où se déroulera la compétition. Il découvre pour la première fois le grand bassin dans lequel il devra se battre. Cinquante mètres de long, peut-être même plus. Au moins quatre fois la dimension de la piscine de l'hôtel au pays.

M. Rigobert l'emmène ensuite voir un second bassin réservé aux entraînements. De nombreux compétiteurs sont déjà à pied d'œuvre. Des Américains, des Français, des Russes. Des géants. Des champions programmés. Nom de Dieu, tous ces corps musculeux, ils doivent être dopés, les bougres. Comment lutter contre ces machines formatées pour glaner des médailles ? Face à ces mastodontes, Bourma, seul Africain, seul Noir, se sent isolé, ça n'est jamais confortable. Impressionné par l'étalage des muscles, il n'ose pas s'entraîner et préfère regagner sa chambre.

En traversant le parc du village, il tombe sur Ans. Elle semblait l'attendre, la petite friponne. Sourires, embrassades, gestes tactiles. Ans sautille sur ses pieds, l'air enjouée, débordante de joie. De toute évidence, elle est très contente de le voir.

« Ça te dirait de prendre un verre ?

— Avec bonheur », lui répond-il.

Installés à la terrasse d'un petit café, ils partagent une tasse de thé vert en se racontant leurs vies respectives. Ans vient de Turnhout, une petite ville non loin d'Anvers. Il acquiesce, répond par des « Ah ! », « Oui, bien sûr ! », comme s'il connaissait les lieux évoqués. En réalité, il n'en a aucune idée. Turnhout, Anvers, jamais entendu parler. De la Belgique, il ne connaît que la capitale, Bruxelles, et encore... de nom seulement. Ans, elle aussi, ignore tout du pays de Bourma. Nous voilà quittes, se dit-il. Cela le réconforte – il n'est pas si nul que ça.

« C'est comment ton pays ? lui demande-t-elle.

— Ben… c'est comme l'Australie, mais sans les kangourous. »

Sur le reste de l'Afrique, Ans sait très peu de choses, en revanche, elle se montre incollable sur le Congo. C'est comme si elle avait tout étudié sur ce pays. Elle lui cite fièrement le nom de plusieurs villes et villages. Mbandaka, Kisangani, Bunia, Kolwezi. Elle semble les avoir appris par cœur. Pendant qu'Ans parle, Bourma, fasciné, ne quitte pas ses yeux bleus qui lui rappellent le bassin d'une piscine, une envie d'y plonger, de s'y noyer même. Attiré par les lèvres pulpeuses de la jeune femme et la blondeur rouquine de ses cheveux, il l'écoute à peine, complètement hypnotisé par le charme de la Flamande.

Ans, dont la voix si douce semble l'emporter loin, un voyage dépaysant. Ne se déparant pas de son sourire, Ans constate que ce qu'elle raconte est du plus bel effet sur Bourma, que ses connaissances l'impressionnent, alors elle en rajoute. Sacrée Ans.

Pour l'épater davantage, elle va jusqu'à baragouiner quelques mots en tshiluba, langue utilisée, selon elle, dans la région du Kasaï, au Congo.

Les heures passent, et ils sont toujours là, aimantés l'un par l'autre. Ils n'ont aucune envie de se quitter. Cela se voit dans les regards intenses qu'ils s'échangent, les rires qu'ils partagent dans une sorte de communion heureuse.

Les yeux de Bourma ne décollent pas des cuisses laiteuses et galbées de la cycliste. Elle porte juste un petit short en jeans, tellement court qu'il laisse voir la naissance des fesses.

Bourma commence à se faire des idées. Mais pour Ans, ce moment n'est peut-être qu'un flirt, rien de plus. Il fixe sa poitrine généreuse dont les tétons pointent à travers le polo rouge. Les épaules nues et la peau pâle le font rêver, mais il essaie cependant de ne rien laisser paraître. Tout bien pesé, se dit-il, cette femme n'est peut-être pas faite pour moi. Trop belle pour ma petite personne. D'un autre côté, il y a des signes qui ne trompent pas, il ne doit pas laisser filer la chance ! Un désir ardent grouille, là, maintenant, pas seulement chez lui, chez elle aussi. À sa manière de frétiller, il sent que la Flamande n'est pas totalement indifférente à son charme. Mais rien n'est moins sûr avec ces choses-là. On ne peut jurer de rien tant les mystères de la chair sont insondables. Faire le premier pas ? Il n'ose pas. Manque de confiance.

Comment s'y prendre ? Faut-il lui dire qu'elle me plaît ? Non, peut-être pas. Un long temps d'hésitation pendant lequel la jeune femme a les yeux tellement braqués sur lui que c'en est intimidant. J'y vais ou j'y vais pas ? Il n'a rien à perdre après tout. Alors pourquoi ne pas tenter le coup ? Prenant son courage à deux mains, il pose délicatement sa main sur celle d'Ans. Et bingo ! La jeune femme lui adresse son plus beau sourire. Autant dire une invite. Ni une ni deux, elle prend les devants, et s'approche pour l'embrasser sur les lèvres. Il n'en espérait pas tant. Il s'abandonne aussitôt dans ses bras.

La suite se passe de commentaires.

En deux temps trois mouvements, les voilà dans la chambre d'Ans. Ils se déshabillent dans la précipitation, les vêtements volant dans tous les coins, les baisers claquent avec la pressante envie d'éteindre la flamme qui les consume. Ils se contorsionnent dans toutes les positions, s'entrelacent. Ça jacasse, ça ronronne de plaisir. Les corps incandescents finissent par faire monter la température de la pièce. Transpirant à grosses gouttes, ils gémissent, poussent des cris, finissent par jouir dans un râle conjugué.

Les voilà comblés et détendus dans un silence mâtiné seulement par le froufrou des draps. Bourma, couvert de sueur, est affalé sur Ans, promenant sa main sur la poitrine de la jeune femme constellée de taches de rousseur. On se caresse négligemment, savourant ce moment en suspension.

Ils prennent un bain chaud, serrés l'un contre l'autre dans la baignoire, rigolant sans raison, comme des enfants.

Euphorique, Ans entame une chanson en tshiluba, cette langue qu'elle semble si bien maîtriser. Une chanson de Tshala Muana, une célèbre chanteuse congolaise.

« Tshala qui ? demande Bourma.

— Tshala Muana. Tu connais pas ?

— Non.

— T'es vraiment un mongol, toi. »

Dit-elle en l'embrassant sur les lèvres. Il la dévore des yeux, lui caressant délicatement la joue avec la paume de sa main.

« Tu es mignon comme tout. Tu ressembles vachement à mon petit ami. Vous avez le même visage, le même nez, on dirait que tu es sa copie conforme. »

Allons bon, se dit-il.

« Il s'appelle Joël, il est du Kasaï. »

C'est donc ça, se dit-il. En réalité, je ne suis qu'un succédané.

Lui qui croyait que la jeune femme avait succombé à son charme irrésistible, à la pétillance de ses yeux. Tu parles ! rumine-t-il. Un simple fantasme à assouvir. Sa susceptibilité en prend un coup.

Indigné, il sort précipitamment de la baignoire. Ans, loin de se douter de la portée vexante de ses propos, est tout à sa joie, toute guillerette, elle sifflote en enduisant son corps de crème. Elle ne se rend même pas compte qu'elle l'a profondément blessé.

Outré, il enfile rapidement ses habits et s'en va, se promettant de ne plus la revoir. Pour lui, l'aventure s'arrête là, point barre.

12

En ce quinze septembre de l'an deux mille, le jour tant attendu et craint est arrivé. À quelques minutes de l'ouverture officielle des Jeux, Bourma se retrouve parmi des milliers d'autres athlètes, trépignant à l'entrée du grand stade de Sydney.

Telle une vedette, il est entouré par les membres de la délégation, les bras cassés, comme il les appelle. Tout le monde est là, excepté la compagne de M. Rigobert – en vérité, selon les confidences de Théodore, un des agents du ministère, la jeune femme n'est pas l'épouse du président de la Fédération, mais sa maîtresse. Autrement dit, son deuxième bureau.

« Au pays, c'est comme ça que ça se passe, mon frère, toi-même tu sais. Ça profite de ses missions pour venir s'amuser avec sa sauterelle, rouspète Théodore.

— Salaud de Rigobert, commente Bourma.

— Si je n'avais pas peur qu'il m'abîme le portrait, je ferais un rapport pour le dénoncer. Mais j'ai peur, c'est un ancien champion de boxe, tu sais, une brute qui aime la castagne. Je pèse pas lourd face à lui, tu comprends ? »

Amer, Bourma adresse un regard noir à M. Rigobert qui se trouve une dizaine de mètres plus loin. Ébranlé par le regard haineux de Bourma, M. Rigobert s'approche, curieux et intrigué à la fois. Il donne une tape affectueuse à Bourma.

« Alors, mon ami champion, tu es prêt ?

— Un : je suis pas votre ami. Deux : je suis pas champion, alors arrêtez de dire des bobards », cingle Bourma.

Quelle animosité ! se dit M. Rigobert qui, pour apaiser la situation, fait le dos rond pendant un moment.

« Pourquoi tu m'aimes pas, Bourma ? Pourquoi tu m'en veux ? »

Bourma l'ignore.

« Tu es comme un fils pour moi », poursuit M. Rigobert.

Hahaha ! ricane Bourma qui n'en peut plus de cette hypocrisie.

« Tu veux que je te dise ? J'ai même de l'admiration pour toi, Bourma. »

Le fayot ! marmonne Bourma dans sa barbe.

« C'est pour toi que nous sommes ici. Tous unis derrière toi, comme les cinq doigts de la main. »

Du bagout, oui, se dit Bourma en fixant M. Rigobert d'un œil réprobateur. Gêné aux entournures par le regard accusateur de Bourma, M. Rigobert s'éloigne discrètement.

Bourma rejoint les autres participants qui avancent au pas, collés les uns contre les autres. En tant que porteur du drapeau, il ouvre la marche, tenant fièrement l'emblème national avec ses deux mains. Ses yeux sont braqués sur l'écran géant qui retransmet la cérémonie en direct.

Captivé, Bourma jubile, oubliant pour un moment l'incartade de M. Rigobert. Dans quelques minutes, grâce aux nouvelles technologies, il sait qu'il bénéficiera d'un don d'ubiquité : les téléspectateurs des cinq continents le verront en même temps. Ziréga sera-t-elle de la partie ? Qu'est-elle devenue ? Croupit-elle toujours en prison ? Pour en avoir le cœur net, il interroge Rémadji qui lui dit n'en avoir aucune idée. « Mais t'inquiète, elle est en lieu sûr. À ton retour, elle sera libérée, le ministre l'a promis », le rassure-t-elle.

Il aurait souhaité que Ziréga voie ce moment inoubliable. Il pense à sa fiancée et la tristesse l'envahit, son cœur s'alourdit et son visage se ferme.

Au milieu de cette joie collective et ce brouhaha, il y a un homme, Bourma, tellement préoccupé par le sort réservé à son amoureuse que la fête avec ses défilés lui paraît banale. Un seul être vous manque et tout semble sinistre.

Dans sa tête, soudain le silence. Des yeux encore capables de voir l'agitation alentour, mais point d'oreilles. Il n'entend plus rien. Cela dure un bon moment, jusqu'à ce que des explosions retentissent au-dessus de sa tête. Telles des fleurs multicolores, les feux d'artifice tapissent le ciel noir de Sydney. Le spectacle pyrotechnique le ramène sur terre.

La magie et la féerie à l'œuvre parviennent à lui arracher un sourire mélancolique. Ce n'est pas le moment de craquer, se dit-il. C'est pour toi Ziréga que je suis ici. Je me dois de surpasser ma tristesse, et positiver. Je pense très fort à toi, ma chérie. Envoie-moi des ondes positives, prie pour moi, Ziréga.

Galvanisé par ses propres rêveries, Bourma, tel un cyclothymique, passe soudain d'un état d'esprit à un autre.

Accédant brusquement à l'enjouement général, il avance au rythme des sons et des lumières.

Le spectacle, orchestré telle une symphonie, va crescendo, de plus en plus époustouflant, tout simplement extraordinaire.

Dans une mise en scène au cordeau, des centaines de personnes réalisent une chorégraphie impeccable. Bourma attend impatiemment son tour pour entrer dans le stade, d'autant que les ovations du public, comme si elles lui étaient adressées, lui font non seulement tourner la tête, mais lui donnent même la chair de poule. Grisé par une sorte d'ivresse, il sautille tel un boxeur avant un combat.

L'idée d'être vu en simultané dans le monde entier l'exalte à un tel point qu'il semble plongé dans une douce béatitude. Son cœur bat à un rythme effréné. À quand mon tour ? Il a hâte d'entrer dans la danse.

Soudain, sur l'écran géant, un Noir, torse nu, le corps recouvert d'une poudre blanche, traverse le stade en tenant une petite fille blanche par la main. C'est beau, on dirait une publicité de Benetton.

Bien plus tard, Bourma apprendra que l'homme est un Aborigène – c'est comme ça, lui expliquera-t-on, qu'on appelle les Noirs d'Australie.

Quelques minutes après le passage de l'Aborigène, une autre apparition provoque l'hystérie générale du public. Applaudissant à tout rompre, la multitude, debout, fait une ovation à une athlète australienne, semble-t-il. Cathy Freeman, inconnue de lui. Engoncée dans une combinaison blanche, tenant la flamme olympique à la main,

Cathy Freeman fait le tour du stade avant d'escalader les marches d'un immense escalier.

Arrivée au sommet elle embrase, à l'aide de sa torche, l'immense vasque dont les flammes grandissent peu à peu, formant un cercle de feu autour d'elle. Cernée par les flammes, l'athlète esquisse quelques pas de danse sous les applaudissements du public.

Après le numéro de Cathy Freeman, vient enfin l'entrée des délégations. Ordre alphabétique oblige, ce sont des îles du bout du monde qui ouvrent le bal : Antigua and Barbuda, Bahamas… c'est long et éprouvant. D'autant qu'on avance à pas de tortue. Il fait chaud, Bourma transpire abondamment. Une chaleur sèche et accablante, différente de celle du pays. Il en a marre, il aimerait qu'on en finisse. Cela fait plus de deux heures qu'il est debout à attendre, avec ce drapeau qui, tout compte fait, pèse lourd.

Son tour arrive enfin. Tel un canari dans son survêtement jaune, il ouvre la voie, suivi de ses quatre acolytes. D'un pas décidé, il foule la piste ocre rouge du stade, brandissant haut le drapeau de son pays.

À peine fait-il son entrée qu'il est aussitôt accueilli par un tonnerre d'applaudissements. Ébloui par les lumières, il promène son regard dans les tribunes où la foule en délire semble chanter et danser pour lui. Il affiche son plus beau sourire, fait un signe de la main à une caméra braquée sur lui, le monde entier me regarde, il pense à ses parents, aux gens de Torodona, à Ziréga, tous doivent être devant leur petit écran.

Emporté par l'atmosphère emballante qui émane du stade, il lève la main pour saluer la foule. Ce qu'il ressent à ce moment-là est proprement jouissif. Il n'a jamais vécu pareille chose. Rêveur, il s'imagine au sommet de tout, libre comme l'air. Il se met brusquement à se trémousser au rythme de la musique, laissant jaillir ce trop-plein d'émotion qu'il peine à canaliser, sautant, gesticulant tellement qu'il manque de faire tomber le drapeau.

« Calme-toi, petit, tonne M. Rigobert, tel un rappel à l'ordre. Calme-toi. »

Mais Bourma, emballé par l'ambiance bon enfant, ne se démonte pas. Tout d'un coup, à la surprise générale, il commence à courir, dépasse les délégations qui sont devant lui, traverse tout le stade pour aller au milieu, bien au milieu de la pelouse pour que tout le monde le voie, il veut être au centre, rien de mieux pour être remarqué. Il balance son drapeau, tourne sur lui-même en roulant des hanches. Il exécute même un saut périlleux, un salto arrière qui en impressionne plus d'un. Alors qu'il est devenu soudain l'attraction de la cérémonie, toutes les caméras se tournent vers lui, les voilà collées à ses basques, ne ratant aucun de ses faits et gestes. Les écrans géants, installés un peu partout, lui renvoient son image au centuple. L'assistance, égayée, l'ovationne à tout rompre, l'encourageant dans sa folie.

Folie à laquelle les agents du service d'ordre mettront très vite fin. Ils arrivent au pas de course, le maîtrisent en deux temps trois mouvements et le ramènent *manu militari* vers sa délégation.

Transpirant à grosses gouttes, complètement transfiguré, Bourma se jette dans les bras de M. Rigobert et embrasse Rémadji, souriant et levant les bras comme s'il était habité par une force démoniaque.

N'écoutant que son instinct, il continue de faire le pitre tandis que les membres de son groupe, accablés, s'interrogent à voix haute : « Mais quelle mouche l'a piqué ? Que lui arrive-t-il, à ce bougre de paysan ? Il se drogue ou quoi ? »

Mécontents et gênés, les membres de la délégation le jugent avec sévérité. Mais Bourma, exalté, ne prête point attention aux regards noirs qui le fusillent. Tout à son euphorie, peu lui chaut.

« Bon Dieu de merde, vous l'avez sorti d'où, cet énergumène, M. Rigobert ! » se plaint le second agent du ministère.

Bien plus tard dans la soirée, alors que tous sont assis autour de la table du dîner, M. Rigobert revient sur ce qu'il faut bien appeler un incident.

« Tu vas arrêter tes conneries, Bourma. Je ne veux plus que tu répètes ce que tu as fait. Tu n'es pas au cirque ici, ne te prends donc pas pour un ours qui danse. Tu es là pour nager, pas pour faire le clown. À cause de tes frasques pathétiques, tu as failli être disqualifié. C'est sur intervention du ministre des Sports que la commission a accepté de ne pas le faire. À partir d'aujourd'hui, je te demande de te tenir à carreau. C'est un ordre. »

Affligé, Bourma n'ose pas fixer les yeux braqués sur lui. Se faire sermonner comme un vulgaire bambin de la rue parce qu'il s'est un peu lâché, il trouve cela injuste. Il avait agi ainsi sans la moindre intention de faire le mal. Il voulait tout simplement ajouter un peu de joie à la joie, dans cette fête qu'il trouvait un peu trop cul serré, il faut le comprendre.

Mais les membres de la délégation ne l'entendent pas de cette oreille. Ils lui reprochent ses enfantillages, son comportement de sauvage.

« Faut savoir rester digne, lui conseille Théodore.

— Arrête de nous foutre la honte », martèle l'autre agent du ministère.

Ambiance…

L'air contrit, Bourma est dans ses petits souliers, il ne pipe mot. Confus et mal à l'aise, il n'a même plus le cœur à manger, préférant se retirer sur la pointe des pieds.

Ce soir-là, au lieu de prendre la navette, il préfère marcher seul dans les rues de Sydney, joignant sa solitude à celle des lampadaires.

Il passe la soirée à visionner les vidéos de Popov. Inspiré par les images du champion russe, il s'allonge sur le ventre, s'essaie à quelques mouvements de brasse, un peu de crawl aussi, et le papillon, sa bête noire, une technique difficile et souvent éprouvante pour lui. Quoi qu'il en soit, il est prêt pour la bataille.

Le lendemain, après un bon petit déjeuner, il se rend très tôt à la piscine mise à la disposition des compétiteurs. Il se joint aux autres nageurs, mais, impressionné par le talent de ces inconnus qui nagent comme des dauphins, il n'ose pas entrer dans l'eau. Il s'installe au bord du bassin et les observe attentivement, envieux et jaloux à la fois. Ainsi donc, au lieu de s'entraîner, le voilà réduit à décortiquer les techniques des autres nageurs.

Face à ces sportifs arborant des maillots sophistiqués, siglés Nike, Puma ou Fila, il se sent ridicule avec son bermuda acheté chez les Chinois du grand marché.

Alors que tous les nageurs sont équipés de bonnets et autres lunettes haut de gamme, lui n'en a pas. Personne n'a pensé à lui conseiller de s'en procurer. Pour se donner bonne conscience, il se dit que tout ça n'est qu'un accoutrement inutile. Les gens opulents ont toujours besoin de faire les beaux, de montrer qu'ils en possèdent plus que les autres. J'en ai rien à cirer, clame-t-il au fond de lui.

Quelque temps plus tard, toujours assis au bord du bassin, il admet que ce rôle de spectateur qu'il s'est assigné n'a pas de sens. Il n'est pas venu ici pour jouer les culs-reptiles. Alors, il se lève d'un bond et, plouf, le voilà enfin dans l'eau. Les images de Popov dans la tête, il nage, tranquille. Mais à peine a-t-il parcouru quelques mètres qu'il s'arrête, épuisé. Il s'accroche au bord de la piscine, et, l'air de rien, prend le temps de souffler.

De l'autre côté du bassin, surveillant les nageurs de son équipe, l'entraîneur sud-africain remarque la présence étrange de Bourma qui, au lieu de nager, semble patauger. L'homme esquisse un sourire narquois en hochant la tête comme s'il n'en croyait pas ses yeux. Il regarde autour de lui, se demandant ce que fait ce zigoto en bermuda.

Intrigué, l'entraîneur se dirige vers Bourma et s'adresse poliment à lui. Putain, se dit-il, encore et toujours cette barrière de la langue. C'est décidé, dès qu'il rentrera au pays, il se mettra à l'anglais, avec l'aide de Ziréga…

Heureusement pour Bourma, l'entraîneur sud-africain possède quelques notions de français.

« Tu comptes vraiment participer aux Jeux, toi ? l'interroge-t-il, un brin incrédule.

— Bien sûr », répond fièrement Bourma en bombant le torse.

Secouant la tête d'un air dubitatif, l'entraîneur réfléchit un moment, puis, poussé par une certaine indulgence, il livre quelques conseils élémentaires au jeune homme, lui confie de menus secrets techniques pour mieux maîtriser sa respiration. Avenant, il prend même le temps de discuter longuement avec lui. À l'évidence, l'entraîneur, conscient du niveau du garçon, veut l'aider, en toute humanité. Touché par sa bienveillance, Bourma le remercie chaleureusement.

Avant de se quitter, les deux hommes échangent une longue et ferme poignée de main, ce geste simple et fraternel semble rappeler à Bourma qu'ils appartiennent tous les deux au même continent.

« Bonne chance, Bourma. »

Épuisé par les nombreuses heures passées à barboter dans le bassin, Bourma dort dans la navette qui le ramène au village olympique.

À la descente du bus, il suit la meute des sportifs tel un automate, sans remarquer Ans qui semblait guetter son retour. Ans, toujours aussi aguichante. Avec le coucher du soleil, ses cheveux ont la couleur d'un champ de blé.

« Je t'ai cherché partout, t'étais où ? Pourquoi tu donnes plus de nouvelles ? »

Sans se départir de son calme, Bourma lui répond qu'il est tout simplement occupé.

« Occupé ? Et moi, tu crois que je suis pas occupée ? »

Bourma hausse les épaules.

« Tu fais quoi, là ? Tu vas dormir, te reposer, c'est ça ? »

Véritable boule de nerfs, Ans, très entreprenante, enchaîne, ne lui laissant même pas le temps de la réplique. Quand elle veut quelque chose, c'est tout de suite ou maintenant, elle ne laisse aucun choix.

« Tu viens chez moi ? »

Il est très tenté par la proposition d'Ans, mais il hésite, et finit par décliner l'invitation.

Vexée, Ans plonge ses yeux bleus dans les siens, elle est au bord des larmes. Il ne peut soutenir ce regard qui lui fait perdre tous ses moyens.

« Qu'est-ce qui va pas ? Je te plais plus ?

— Non, c'est pas ça, balbutie-t-il. J'ai du travail, moi, je dois me concentrer sur ma préparation.

— Et moi, tu crois que je dois pas me concentrer ? Tu crois que je me prépare pas ? »

Un silence.

Elle essuie ses yeux humides et lui parle d'une voix chevrotante, saccadée même, le suppliant presque.

À nouveau, le silence.

Les yeux étincelants d'Ans. Sa gorge palpitante. Et ce si long cou, ce corps dont le magnétisme l'aspire. Devant cette Vénus venue du plat pays, son vit, vigoureux, vibre.

Ans l'attire toujours autant, c'est indéniable, mais il refuse de succomber à ses charmes, tout ça parce qu'elle l'a comparé à son petit ami.

Sans louvoyer, la jeune femme lui prend fermement la main. Comment résister à ces yeux bleus gorgés d'amour et de désir ? Ans et son odeur de prairie en fleurs. C'est une rurale, elle sent le foin et l'herbe fraîche. La promesse d'une partie de jambes en l'air l'excite au point qu'il sent ses poils se dresser. Il la saisit brutalement par la nuque et l'attire à lui, poitrail contre poitrail, le souffle de la Flamande lui caressant le visage. Ans et ses yeux qui le dévorent et ses tétons excédés qui pointent à travers son chemisier en lin.

« Allez, viens, Bourma, s'il te plaît. On va se détendre. C'est important de se détendre, tu sais. »

Ans, sa main potelée. Ses délicieuses rondeurs.

« Tu veux que je te fasse un petit massage ? » lui murmure-t-elle.

Ans, sa peau douce et soyeuse. Elle se colle contre lui et le prend par la taille. Il sent la chaleur de son bas-ventre. La tentation est grande. Trêve de tergiversations, ni une ni deux, il la suit comme un petit chien.

Dès que la porte de la chambre se referme, Ans se débarrasse de ses vêtements, la voilà toute nue, la poitrine ondoyeuse. Elle avance à petits pas, sûre d'elle, conquérante, c'est un véritable assaut. Elle le plaque contre le mur avant de l'embrasser avec fougue sur les lèvres, léchant certaines parties de sa peau, sa respiration rauque, poussant des gémissements tels des couinements.

Ils tombent à la renverse dans le lit. Avec une énergie folle, Ans le déshabille précipitamment, attrape son sexe, le serrant fortement dans sa main, elle le brandit tel un trophée, elle est folle.

Ans et ses yeux qui changent de couleur : du bleu, ils passent au rouge, comme s'ils étaient brusquement injectés de sang. Ce n'est plus la douce Ans, mais une jument en furie, affolée, elle bondit, pousse des hennissements, se déchaîne sur le corps de Bourma qui est désormais sous sa coupe. « Cool, Ans, lui susurre-t-il, respire, Ans, respire. »

Pour calmer la fougue furieuse d'Ans, il faut inverser les rôles. Il la couche sur le dos et s'affale sur elle. Le voilà étendu de tout son long sur Ans, l'immobilisant en maintenant ses bras en croix, comme s'il voulait la dompter. Ans, ses gémissements suraigus. D'un geste brusque, elle l'entoure de ses bras, le voilà prisonnier de son désir ardent. Elle plante ses ongles dans son dos, le labourant comme on laboure une terre en friche.

La taille coincée entre les jambes de la jeune femme, Bourma la mordille partout, laissant au passage des petits suçons sur son ventre, dans son cou comme les stigmates indélébiles de leur passion volcanique. Ans, les jambes déployées et son sexe prêt à le recevoir. « Ans, ma donneuse », chuchote-t-il. Et il la gamahuche tant et si bien qu'elle pousse un hurlement à réveiller les morts.

Au moment où il s'agenouille au-dessus d'elle, prêt à prendre cette position du missionnaire qu'il aime tant, Ans préfère se retourner, lui offrant ses fesses plates et tristes, serait-ce à cause du vélo ? Mais bon, passons, ça n'est pas rédhibitoire. Après tout, comme le disait Mama Benz, les fesses, ça sert à rien. Le plus important est ailleurs.

Ans dans toute sa splendeur. Ans et sa manie de toujours se mettre à quatre pattes, façon chien-chien. Pourquoi diable, se demande-t-il, a-t-elle ce penchant pour la levrette ? La première fois, c'était pareil. Bourma n'apprécie pas beaucoup. Il est plutôt du genre classique. Être sur elle, plonger son regard dans le bleu de ses yeux, avoir le sentiment de la dominer tout en lui chuchotant des mots doux dans l'oreille, c'est ça qui l'enchante. Mais puisque tel n'est pas le vœu d'Ans, il se contente de combler ses désirs comme des ordres.

Il faut savoir jouir de ses cuisses fermes, de sa peau lisse et diaphane, et de ses hanches larges.

La tenant vigoureusement par les reins, il écarte d'une main nerveuse la touffe de poils roux qui mène au septième ciel.

Ans, la rose, éclose.

Il l'étreint avec force, transporté, enivré, éperdu, sans autre conscience que celle d'être en elle et elle en lui. Et voilà les deux corps enchâssés qui n'en forment plus qu'un, unis par de suaves sensations.

Au fond, se dit-il, on devrait tous tomber d'accord, sans chichi ni blabla, que toute femme est une île. Partant de là, il faut savoir l'accoster au bon endroit, l'aborder avec délicatesse, arpenter ses monts et vallées, parcourir ses plaines, explorer ses cavités, découvrir ses différents recoins, boire à la source de sa fontaine.

Il s'enfonce en elle, pénétration profonde, jusqu'à la garde, mais rien de brutal. Calme et volupté. Il procède doucement, poétiquement, d'abord avec un mouvement lent du bassin puis, petit à petit, il accélère le rythme. L'agitation fiévreuse provoquée par l'emmêlement des corps leur fait perdre la raison. Dans un tempo pour ainsi dire conjugué, les yeux fermés, les bouches ouvertes, ils grognent, ahanent, gigotent, poussent des cris de plus en plus stridents.

De la bouche d'Ans, toute pétulante, jaillissent des mots secs, tranchants comme des slogans publicitaires. *Ja, nog, nog.* Elle a retrouvé l'usage de sa langue maternelle, se dit-il. Rien de tel que la langue de la mère pour exprimer avec justesse ce qu'on ressent au plus profond de son cœur. Lui aussi, comme par mimétisme, se met à chanter dans sa langue.

Alors qu'ils se sont abandonnés l'un dans l'autre, vibrants et fous, dans une frénésie bestiale, Ans pousse un râle fulgurant, ponctué par cette phrase mystérieuse : *Ho ja, het is goed ! Ho jaaa...*

Pendant que Bourma, tel un lion blessé, pousse un long rugissement, la voix saccadée d'Ans annonce un orgasme vertigineux. Elle explose soudain, impulsive, on dirait une cocotte-minute. Telle une forcenée, elle arrache les draps, s'agitant avec frénésie, tirant sur ses longs cheveux, pleurant, secouée par de violents sanglots. On croirait des lamentations. Aussitôt après, Ans se lâche complètement, et, pour le coup, devient méconnaissable, molle, asthénique.

Bourma se laisse tomber à ses côtés, essoufflé, immobile tel un bout de bois. Ans laisse couler des larmes abondantes. Transie de plaisir et de plénitude, elle s'étale de tout son corps. Morte.

Un silence.

Puis des vagissements, comme si elle revenait peu à peu à la vie. La première fois, se souvient Bourma, elle avait aussi pleuré. Décidément, c'est une marotte.

« Ça va, Ans ? »

Elle essuie rapidement ses larmes, puis, le fixant droit dans les yeux, elle fait oui de la tête…

« Je me sens bien, trop bien même. Et pour toi, c'était comment ? »

Sans attendre de réponse, elle se met soudain à rire à gorge déployée, un rire heureux, épanoui. Bourma se joint à elle pour partager cette joie sonore, n'exprimant rien d'autre qu'un bien-être total.

Épuisés, mais satisfaits, les amants sont en extase. Ils se caressent négligemment, vidés de toutes leurs forces. Ils s'endorment dans les bras l'un de l'autre, sans même avoir eu le temps de dîner.

Bien plus tard, lorsque Bourma ouvre enfin les yeux, il se rend compte qu'il est deux heures du matin. Il s'habille rapidement, pose délicatement ses lèvres sur le dos d'Ans qui dort profondément. Le corps nu d'Ans – l'envie de la prendre le saisit à nouveau. Mais il y a des moments dans la vie où il faut savoir raison garder.

De retour dans sa chambre, il prend une douche. Eh oui, toujours cette toilette purificatrice après un coït s'il veut que le grigri lui procure toute la force dont il aura besoin, comme le lui a conseillé le féticheur.

Sous le filet d'eau chaude qui coule sur son corps encore émoustillé par les souvenirs des ébats, il se rappelle soudain que le féticheur lui avait recommandé de cesser toute activité sexuelle dix jours avant l'épreuve. Sinon, le grigri et la potion n'auront aucun effet. « Nom de Dieu, fulmine-t-il, j'ai enfreint la loi. »

Le voilà désormais préoccupé par cette révélation imprévue. Où avait-il la tête pour oublier les instructions du féticheur ? Abattu, il tourne dans la chambre, l'air songeur.

Avant de se coucher, tel un élève studieux, il révise une nouvelle fois ses leçons. Après avoir parcouru un des ouvrages sur la natation, il visionne une énième fois les images de Popov. Il essaie de se remémorer les mouvements des nageurs vus dans la matinée. Il essaie aussi de se souvenir des conseils prodigués par l'entraîneur sud-africain.

Il repasse tous ces moments dans sa tête, tel un film. Pour ne rien oublier, il prend des notes. Il sait que son salut ne peut venir que de sa capacité à assimiler tout ce qu'il a vu et à le reproduire à l'identique le moment venu.

Avant de s'endormir, il dilue la décoction jaune moutarde dans un verre d'eau.

Censée produire des miracles selon le féticheur, elle a failli lui causer du tort à l'aéroport de Sydney. Les douaniers croyaient en effet avoir affaire à une quelconque substance illicite. Bourma fut soumis à une fouille méticuleuse.

Séparé des autres membres du groupe, il a été conduit dans un petit bureau où les douaniers l'ont longuement interrogé. Comme il ne parle pas un traître mot d'anglais, il a fallu patienter jusqu'à ce qu'on déniche un interprète. Un Libanais.

« Je m'appelle Ghassan », se présenta-t-il, l'air prévenant.

C'était un homme trapu, court sur pattes, robuste, avec un cou de taureau.

Rassuré, et mis en confiance par Ghassan, Bourma se détendit peu à peu et accepta de répondre aux questions des douaniers d'un air débonnaire. Il n'avait rien à se reprocher.

Après concertation, les douaniers tombèrent d'accord : Bourma n'était qu'un pauvre bougre, il n'avait pas la tête d'une mule. Prudents, ils procédèrent cependant à une échographie de l'appareil digestif. Rien trouvé, ni dans l'estomac, ni dans les intestins. Qu'à cela ne tienne, les douaniers, perspicaces, décidèrent de lui ausculter l'anus, rien de moins. Pour Bourma, une infamie. On l'obligea à se mettre à genoux, offrant ses génitoires aux agents. Il sentit deux mains froides, protégées par des gants en caoutchouc, lui écarter les fesses. On lui introduisit un petit appareil dans l'orifice, une caméra miniature sans doute. Humiliation totale. Bien entendu, il refusa dans un premier temps de se soumettre à une telle exploration de son intimité, il y opposa même une farouche résistance.

« C'est indigne de traiter un homme ainsi, allégua-t-il.

— Laisse-toi faire, mon frère. Sinon, ils sont capables de te renvoyer chez toi, lui dit Ghassan.

— Je ne suis pas un trafiquant de drogue quand même, je suis un sportif de haut niveau, vous me devez le respect », protesta Bourma en pointant l'index sur les douaniers.

Il gueula tout son soûl, mais les douaniers, hilares, s'en moquaient. Qu'il remue ciel et terre, c'était son problème, les hommes en uniforme s'en tenaient à leur mission, ils lui demandaient d'obtempérer, point barre.

Avenant, Ghassan le prit par les épaules.

« Ici, tu es un suspect, naturellement. Ils pensent que tous les Noirs sont des trafiquants de drogue, alors pas d'embrouille… Si tu t'obstines dans ton refus, c'est toi le perdant. »

Seul face aux douaniers, qui avaient interdit la présence de tout autre membre de la délégation, Bourma savait que nul ne volerait à son secours. Il n'avait pas d'autre option que de se soumettre.

Malgré une longue fouille, mettant toutes ses affaires sens dessus dessous, la recherche des douaniers se révéla infructueuse. Loin de s'avouer vaincus, ils prélevèrent un échantillon de la décoction, pour examen. Ils avaient un laboratoire à portée de main.

Au final, l'analyse ne dévoila rien. Il a fallu près de trois heures pour que Bourma puisse enfin quitter le bureau des douaniers.

Lorsqu'il retrouva enfin la délégation, elle était fatiguée de l'attendre. Le groupe rouspétait, le pressant de questions auxquelles il préféra ne pas répondre.

Quelle épreuve dégradante, se dit-il, en regardant cette foutue décoction qu'il tient maintenant dans la main. En vérité, la décoction n'est qu'un simple élixir à base de plantes, rien d'autre. Après l'avoir bien touillée, il l'avale en récitant une incantation. Mais tout cela fonctionnera-t-il puisqu'il n'a pas respecté le protocole édicté par le féticheur ? Il s'allonge sur le lit, les yeux fixés au plafond.

Demain, il ne restera plus qu'une nuit avant le grand saut vers l'inconnu. Cet immense bassin qui lui fait si peur. Difficile de trouver le sommeil alors que la date fatidique approche à grands pas. Il a conscience que les quatre mois de préparation ne sont pas suffisants pour faire de lui un champion, mais il ne s'avoue pas vaincu.

Là-bas au pays, ses parents mais aussi Ziréga prient sans doute pour lui. Bourma croit en sa bonne étoile.

Nager dans ces conditions, quelle histoire !

Nager quand même. Pour Ziréga. Pour la sortir des griffes des services de sécurité.

À cause de ses agissements, Bourma sait que le pouvoir du grigri est désormais caduc. Qu'à cela ne tienne, il l'attache autour de son biceps. Peut-être qu'il possède encore quelque vertu résiduelle, on ne sait jamais. Quoi qu'il en soit, advienne que pourra, se dit-il en éteignant la lumière. Dans l'obscurité, ses yeux brillent. Rassuré ? Pas vraiment. Confiant ? Bof. Rasséréné ? Encore moins.

13

Vingt-quatre heures avant le jour J, loin d'être au taquet, Bourma se réveille avec la sensation d'avoir une pierre à la place du cœur, et des crampes à l'estomac. Fourbu et courbaturé, il arrive à peine à sortir du lit. Le grigri, censé lui apporter calme et sérénité – tintin, il semble de nul effet.

Au-delà de l'anxiété qui le tenaille, il souffre surtout d'être seul. Loin des siens, et loin de la terre natale, le monde lui paraît dépeuplé. Ici, pas un regard fraternel, pas un mot tendre, pas une oreille attentive, rien que des monstres froids. Pour se débarrasser de la boule qui lui noue le ventre, il effectue quelques exercices de décontraction : allongé sur le dos, les genoux repliés, inspiration, expiration, et un, et deux... Tu parles ! se plaint-il. Aucun résultat probant. Il se met alors à faire quelques étirements puis saute longuement à la corde. Rien à faire, ses muscles, raides comme du bois, ne se décontractent pas. Envahi par une crise d'angoisse, et des bouffées de chaleur, Bourma est aux abois.

C'est comme s'il se sentait dépérir. Il aimerait qu'on le sauve. Qu'on lui tende une main bienfaisante. Qu'on ne l'abandonne pas seul face à l'adversité. Il pense au féticheur. S'il le pouvait, il l'appellerait illico presto, lui demanderait volontiers des conseils. Mais ce qui lui manque par-dessus tout, c'est la présence de Ziréga. Sa voix a le don de le calmer, Ziréga sait le mettre en confiance. Parler à sa fiancée lui ferait le plus grand bien. Depuis qu'il a atterri ici, il n'a pas eu la possibilité de communiquer avec elle, mais Ziréga est toujours là, dans un coin de sa tête.

Il souhaiterait tellement partager ses interrogations avec quelqu'un. Mais dans ce village olympique, il est isolé. La délégation ? Elle est à l'autre bout de la ville, logée dans un hôtel de luxe où elle se repaît de victuailles aux frais de la mère patrie. Et puis, ces gens-là, tous autant qu'ils sont, il leur voue une farouche inimitié pour l'avoir fait voyager en classe économique. Vingt-quatre heures de vol dans des conditions difficiles, il n'a pas oublié – rancunier, il ne pardonne pas.

Dans ces moments d'extrême solitude et de fébrilité, il aurait souhaité être entouré de ses copains, ceux de Torodona par exemple, ses amis d'enfance, ses *gars sûrs* auxquels il repense avec nostalgie. Au fond, il rêve d'une simple conversation pour dire tout et n'importe quoi. Bavarder. Palabrer, rire et plaisanter pour conjurer le mauvais sort, oublier cet événement qui approche et s'affranchir de la douleur du temps qui… ne passe pas.

Certes, il y a la blonde Ans, mais il la connaît à peine. Il ne va tout de même pas se confier à la première venue. Autant garder ses faiblesses pour soi. Ce n'est pas parce qu'ils ont couché ensemble qu'il doit lui livrer ses petits soucis. De plus, la jeune femme ne lui fait pas oublier sa bien-aimée. À chaque fois qu'il a couché avec Ans, il ne pouvait s'empêcher de penser à Ziréga, comme un rappel de son infidélité. D'ailleurs, depuis quelques jours, il culpabilise à l'idée d'avoir trompé Ziréga. Osera-t-il seulement lui avouer ces cachotteries ? Si oui, lui pardonnera-t-elle ? Pas sûr.

Bourma regrette ce moment d'égarement. Il a le sentiment qu'un autre lui-même, infidèle et vénal et déprédateur, a agi à sa place.

Il tourne en rond dans sa chambre, regardant de temps à autre par la fenêtre, comme s'il espérait une aide, allumant et éteignant le téléviseur. Plus que jamais il a besoin d'une présence humaine à ses côtés. Il faut qu'il parle à quelqu'un, sinon sa tête va exploser. « Je vais devenir fou », crie-t-il.

Après moult tergiversations, il décide de rendre visite à Ans. Pas pour coucher avec elle, bien sûr. Quoique… Plus prosaïquement, il veut la voir pour échanger, se confier, tuer le temps et oublier la compétition qui vient…

Arrivé devant la chambre d'Ans, il trouve porte close. Il frappe quand même, plusieurs fois, sans succès.

Complètement groggy, il déambule dans les couloirs de sa résidence telle une âme en peine. Il se traîne jusqu'à la cantine du petit déjeuner où une longue file fait la queue devant le buffet. Il avise un groupe d'Africains. L'appel de la grégarité le pousse à se joindre à eux. Ils sont sept. Des Camerounais. L'accueil est froid. À peine s'est-il attablé que l'un d'eux lui demande sa discipline.

« Natation.

— Quoi ? » hurlent-ils d'une seule voix.

Ils le jaugent avec des yeux ahuris, puis éclatent de rire. Ils se moquent ouvertement de lui, les bâtards.

« Sport de Blancs », commente l'un d'eux en pouffant.

L'ignorant totalement, les Camerounais se remettent à parler dans leur langue, sans cesser de rire à gorge déployée. Bourma encaisse sans comprendre la raison de leur raillerie. Pourquoi tant de méchanceté de la part de ces gens qu'il considère comme des frères de sang ? Tu parles ! médit-il. Moi qui m'attendais à un peu plus de magnanimité de leur part, j'en ai eu pour mon grade.

Il termine rapidement son repas et s'en va sans que nul ne lui prête attention. Personne ne prend d'ailleurs la peine de répondre à son salut.

Longtemps, il erre en silence dans les allées du village olympique, fatigué de trimballer son vague à l'âme et le poids de la solitude et de l'angoisse.

Le grigri ne servant plus à grand-chose, Bourma n'a pas le cœur à l'ouvrage. Qu'à cela ne tienne, il s'astreint à nager toute la journée dans la piscine de Homebush Bay. Plus le temps de jouer à l'observateur tel un enfant en admiration devant ses idoles. Il se concentre sur son propre travail tandis que l'entraîneur sud-africain, assis plus loin, le suit du coin de l'œil, intrigué par ce jeune homme sorti de nulle part.

Prenant conscience de ses limites, Bourma se sent de plus en plus nerveux, les muscles tendus. Impossible d'exécuter des mouvements parfaits, ses membres semblent paralysés. Les mains de Ziréga ! Il aurait bien voulu un massage, ça le détendrait.

Plus il se dépense dans le bassin, plus il ressent cette épouvantable solitude qui le fragilise. Grands dieux, songe-t-il, dans quelle galère me suis-je embarqué ?

Épuisé, il met fin à son entraînement et rentre chez lui après avoir avalé une énorme pizza. Il s'arrête chez Ans, mais il trouve toujours porte close.

Il s'enferme dans sa chambre, visionne en boucle les images de Popov.

Popov, dieu des bassins, seigneur des piscines, sorcier hors pair. Essayer de faire aussi bien que Popov, tant tout ce que le Russe réalise lui paraît d'une facilité déconcertante. Il sait qu'il rêve, mais pourquoi pas ? Le Tout-Puissant est Maître de toutes choses ici-bas, n'est-ce pas. Il lui viendra peut-être en aide. Il entame une prière, « Au nom de Dieu clément et miséricordieux ». Puis il récite la sourate CXIII, « L'Aube du Jour » :

Je cherche protection auprès du Seigneur de l'aube naissante,
Contre la méchanceté des êtres qu'Il a créés,
Contre le malheur de la nuit ténébreuse quand elle nous surprend,
Contre la méchanceté des sorcières qui soufflent sur les nœuds,
Et contre le mal de l'envieux qui envie.

Il s'étonne de sa propre versatilité, sa capacité à se tourner vers Dieu dès qu'il est dépassé par les tourments de la vie.

Démoralisé, il compte les heures jusqu'à ce que M. Rigobert vienne enfin le chercher.

« Je me sens pas bien, lui confie-t-il.

— Arrête de geindre tout le temps, Bourma. Tu me fatigues. C'est rien, ça va passer... »

Ils rejoignent le reste de la délégation dans un restaurant sénégalais. Le patron est un homme élancé portant beau, costume-cravate impeccable. La classe, quoi. Affable, il les reçoit avec déférence, fidèle en cela à l'hospitalité légendaire sénégalaise, la *téranga*, gardant toutefois une certaine distance comme s'il voulait éviter toute familiarité. Son regard froid semble signifier que ce n'est pas parce qu'on a la même couleur de peau qu'on a gardé les vaches ensemble... Mais en bon commercial, Diop, c'est son nom, leur offre, en guise de bienvenue, un verre de *bissap*, du sirop d'hibiscus importé directement de son pays.

Sur les conseils de Diop, toute la délégation commande un *tiep dieun*, du riz au poisson, un mérou préparé avec de l'huile de palme.

« Tu es inscrit pour le cent mètres nage libre demain à neuf heures », lui annonce à brûle-pourpoint M. Rigobert.

Bourma se fige.

« Eh oui, les choses sérieuses commencent, complète Rémadji.

— Tu te sens d'attaque ? » renchérit M. Rigobert.

Bourma hoche vaguement la tête. Couci-couça.

« Mais le problème, c'est que j'ai mal partout.

— Arrête de faire ta chochotte. C'est rien de grave », lui dit M. Rigobert en lui donnant une tape amicale dans le dos.

C'est au cours de cette discussion préparatoire que Bourma finit par comprendre une chose : les cent mètres, ce n'est pas la longueur de la piscine, comme il l'a cru, mais la distance à parcourir en un aller-retour. Quelle histoire ! Soudain, la panique.

« Mais... Je suis incapable de faire cent mètres, avoue-t-il. Je ne pourrai jamais. »

Abasourdis, les membres de la délégation s'arrêtent de manger. Ils se regardent, incrédules. Il passe non pas un ange, mais plusieurs...

« C'est une plaisanterie ou quoi ? demande M. Rigobert.

— Cent mètres, je pourrai pas. J'y arriverai jamais. C'est impossible. Je suis pas Popov, moi.

— C'est qui, Popov ? interroge Rémadji.

— Tu te fous de ma gueule ou quoi ? rugit M. Rigobert.

— Non, je suis sérieux. »

Agacé, M. Rigobert ne tient plus en place, pianotant nerveusement avec ses doigts sur la table.

« En vérité, je vous le dis, jamais de ma vie je n'ai pu parcourir cent mètres.

— Crénom d'une pipe », jure M. Rigobert en bondissant de son siège. Exaspéré, il fait longuement les cent pas, jacassant. Il est dans un tel courroux qu'il n'arrive plus à se maîtriser. Dans un violent geste de colère, il renverse plusieurs chaises, provoquant la colère du patron du restaurant. Ce dernier exige des excuses, ce que M. Rigobert refuse en le traitant de « petit immigré de merde ». Alors là, le Sénégalais, toutes griffes dehors, les chasse sans autre forme de procès. Les « nous sommes tous des frères, il faut nous comprendre » n'y font rien. Campant fermement sur sa position, Diop ouvre grand la porte et leur demande de débarrasser le plancher.

« C'est à cause de gens qui manquent d'éducation comme vous que j'ai quitté l'Afrique. J'ai fui pour avoir la paix dans cette partie du monde. Vous n'allez quand même pas venir jusqu'ici pour m'emmerder, bordel de merde ! *Fuck off !* »

Outragé, M. Rigobert agrippe violemment Diop par le veston, il veut en découdre. Il faut l'intervention des agents du ministère pour les séparer.

Vidée, la délégation se retrouve à la rue, essayant en vain de ramener Bourma à la raison.

« À l'entraînement, j'arrive à peine à faire dix mètres, et je dois à chaque fois m'arrêter pour reprendre mon souffle, explique-t-il à la délégation atterrée.

— On n'a pas fait tout ce voyage pour que tu te dégonfles au dernier moment, Bourma, le secoue Rémadji.

— Mais je te dis que je peux pas, c'est au-dessus de mes capacités. Cent mètres, c'est le bout du monde pour moi, c'est un marathon.

— T'es vraiment une poule mouillée, toi, persifle un des agents du ministère.

— Vous voulez ma mort ou quoi ?

— Arrête de dire des conneries, Bourma, lui assène M. Rigobert.

— Personne ne veut ta mort. Nous ne voulons que ton bien, le bien du pays. Tu as accepté, ce n'est pas maintenant que tu vas te débiner. Ça serait une trahison, ça.

— Trahison ou pas, je m'en bats les couilles.

— Mais tu n'en as pas, de couilles ! » lui balance M. Rigobert.

Piqué au vif, Bourma hausse le ton.

« Vous m'avez piégé, hurle-t-il.

— Personne t'a piégé. Tu t'es présenté de toi-même, lui rétorque M. Rigobert.

— T'as donc pas la moindre once d'honneur ou quoi ? cingle Rémadji. Tu vas tout de même pas nous couvrir de honte, Bourma ? Si t'as pas d'honneur, pense au moins à celui du pays !

— L'honneur du pays, vous pouvez vous le mettre où je pense. »

Choqué, le groupe se fige. Un long silence. M. Rigobert prend sur lui et respire longuement pour retrouver son calme.

« Sois pas désobligeant, Bourma », lui dit-il d'une voix soudain redevenue avenante.

S'ensuit alors une longue et interminable palabre où chaque partie défend son point de vue. C'est un dialogue de sourds, autant dire une impasse.

« Tu dois nager, Bourma, t'as pas le choix. Demain, tout le pays sera au rendez-vous pour te regarder, tu entends ? Même le président n'a pas droit à ça. Quand il passe à la télé, l'ensemble du pays ne le regarde pas. Toi, tu as cette chance, c'est une opportunité extraordinaire, ça se refuse pas. Déçois pas tes compatriotes.

— La piscine est trop grande pour moi.

— Grande ou pas, lui dit Rémadji, c'est qu'une piscine après tout.

— Tu sais nager, toi ?

— Non.

— Est-ce que l'un d'entre vous sait nager ? »

Les têtes se baissent. Au silence qui gagne les rangs, il est évident que personne parmi les bras cassés ne sait nager.

« Vous connaissez rien à la natation, alors arrêtez de m'emmerder !

— La vérité, c'est que tu pètes de trouille ! tempête M. Rigobert.

— Vous comprenez rien de rien. Suivez-moi », leur dit-il.

Et il s'éloigne. Le groupe lui emboîte le pas, marchant en file indienne tels des cultivateurs rentrant des champs. Ils se perdent, peinent à trouver leur chemin. Ils parcourent une longue distance et arrivent épuisés au village olympique.

Il les invite instamment dans sa chambre et leur montre les images de Popov. Une course endiablée. Impressionnés, ils le sont. Mais ils ne laissent rien paraître, les fourbes.

« Mais c'est simple, ça, c'est très simple », fanfaronnent-ils d'une seule voix.

Quelle mauvaise foi !

« Te laisse pas esbroufer par ce type, lui dit M. Rigobert. Si ça se trouve, tu es meilleur que lui !

— Oui, c'est cela », nargue Bourma en pouffant de rire. Puis, lassé par cette communication stérile, il leur annonce d'une voix blanche :

« J'annule ma participation. »

Hors de lui, M. Rigobert l'agrippe brusquement par la nuque. Ce qui n'était au départ qu'une altercation vire au pugilat. On échange des coups. Bourma se défend comme il peut tandis que M. Rigobert arrive à lui saisir la gorge, à deux doigts de l'étrangler. Le salaud. Rémadji et les deux agents du ministère ceinturent les batailleurs et arrivent à les séparer.

« Écoute-moi bien, petit con ! tempête M. Rigobert. En tant que chef de la délégation, je n'accepterai jamais un tel comportement de ta part. Sache que si tu essaies de me baiser, je te baiserai deux fois. »

Devant la menace de M. Rigobert, Bourma se rappelle soudain les paroles du ministre. Son refus de participer mettrait *ipso facto* en danger la vie de sa fiancée. C'est impensable.

« Bon, puisque c'est comme ça… »

La force lui manque pour terminer sa phrase.

M. Rigobert pousse un ouf de soulagement et échange un regard avec Rémadji. Il tend une main molle à Bourma.

« Sans rancune. Je suis vraiment désolé, je sais pas ce qui m'a pris. Ça se reproduira plus, je te le promets. »

Bourma refuse de serrer la main de M. Rigobert.

« Ta série est prévue demain à neuf heures, ajoute-t-il. Tâche d'être sur place une heure avant. Et surtout, pas de retard, s'il te plaît. Bien entendu, on sera tous là pour t'encourager. »

Bourma acquiesce d'un geste de la tête. Servir le mensonge… Putain, les enfoirés !

Cette nuit-là, assailli par le doute, il est dans un tel état de détresse qu'il n'arrive pas à fermer les yeux, ce qui le prive d'un bon repos, indispensable pourtant avant toute compétition. Pour chasser l'insomnie, il passe des heures à prier, invoquant non seulement Dieu, mais aussi les ancêtres, les étoiles.

Il finit par s'allonger en pensant à ces versets de la sourate XCVII, la Nuit du Destin :

Dans cette nuit, les anges et l'esprit descendent avec la permission de Dieu, portant Ses ordres sur toutes choses.

Cette nuit est paix et salut jusqu'à l'apparition de l'aurore.

14

Nul doute que la date du vingt septembre de l'an 2000 restera à jamais gravée dans la mémoire de Bourma. Dans quelques heures, il se lancera dans la compétition. Quelle que soit la qualité de sa performance, il entrera dans l'histoire. Il se prépare donc en conséquence. Plus moyen de reculer, se dit-il. Pourtant, s'il le pouvait, il se serait carapaté comme la championne française Marie-José Pérec qui, la veille de sa finale, avait pris la clef des champs.

Mais le destin de Bourma est tout autre, il lui faut l'affronter sans barguigner. En ce jour à marquer d'une pierre blanche, il devra surtout s'organiser pour ne pas arriver en retard. Pour éviter tout désagrément, il a mis en marche ses deux réveils, programmés pour sonner avec cinq minutes d'écart. Puis il s'est couché sans vraiment parvenir à dormir.

Ce fut une nuit longue et cafardeuse et agitée. Il l'a passée à se battre contre un cauchemar vertigineux dans lequel il s'était vu couler à pic dans la piscine de l'Aquatic Center. Tandis qu'il se noyait, les spectateurs ricanaient. Non seulement il avait le sentiment qu'ils se moquaient de lui, mais sa noyade semblait même les réjouir, ça les amusait. Les salauds.

L'aube blafarde le trouve les yeux grands ouverts, exténué à force d'avoir gambergé. Il se lève péniblement, ouvre la fenêtre et respire l'air frais qui s'engouffre dans la pièce en soulevant les rideaux.

Pour délasser ses muscles tendus comme un arc, il prend une douche froide, glaciale même, c'est bon pour la circulation du sang, lui a-t-on dit. Frais comme un gardon, il se sent d'attaque, prêt à se confronter aux autres nageurs. Cette épreuve lui permettra au moins de connaître son niveau. Qu'on en finisse avec cette compétition, et vite. Il est chaud bouillant. En vérité, même s'il refuse de se l'avouer, Bourma est dévoré par l'angoisse, la peur de l'échec sans doute. Pour se mettre en confiance et se donner de la contenance, il répète cette phrase, telle une formule magique : j'ai pas peur, j'ai pas peur…

N'ayant pas d'entraîneur, il ne peut compter que sur lui-même – oh, misère ! À lui d'élaborer sa propre tactique. Il croit en avoir trouvé une, inspirée de Popov, bien entendu : dès l'entame, prendre la tête de la course, se dit-il, et fendre l'eau bleue du bassin en y jetant toute son énergie. Popov, essayer de faire aussi bien que lui. Popov, imiter à la lettre toutes ses techniques.

Alors qu'il est englué dans ses pensées, le chant mélodieux d'un merle attire son attention. Posé sur la branche d'un arbre, l'oiseau s'égosille tellement que Bourma y voit un signe. Dieu est avec moi, se dit-il, rien ne peut m'arriver.

Rassuré, il jette un coup d'œil à sa montre. Il est encore tôt, l'épreuve n'aura lieu que dans trois heures. Cela lui laisse le temps de prendre un bon petit déjeuner.

Dans le restaurant du village olympique, le voilà attablé devant son assiette. Seul. L'esprit obnubilé par l'épreuve qui l'attend, il n'arrive pas à avaler une seule bouchée. Ce n'est pourtant pas faute d'avoir essayé. Mais à peine a-t-il ingurgité les viennoiseries qu'il se rue vers les toilettes pour dégobiller toutes ses tripes.

Ce jour-là, il lui semble que le temps ne file pas assez vite. Aussi, pour donner un coup d'accélérateur aux minutes qui traînent en longueur, il visionne une nouvelle fois les images de Popov. Puis, fermant les yeux, il essaie d'imiter les gestes amples et fluides du nageur russe.

À force de les regarder, les images de Popov ont fini par coloniser son cerveau : il les voit partout, tel un écran géant incrusté dans sa tête.

Avant de quitter sa chambre, il sort les produits que le féticheur lui a remis, les alignant devant lui, l'air sceptique. Cependant, malgré leur probable caducité, il préfère les avoir par-devers lui, des fois que ça marcherait, on ne sait jamais. Il s'enduit le corps d'une crème à base de beurre de karité et embrasse plusieurs fois le grigri qu'il fait tourner au-dessus de sa tête.

Usant d'un syncrétisme hardi, il ouvre le petit Coran en sa possession, lisant à voix haute quelques sourates, priant longuement pour que Dieu ne l'abandonne pas en ce jour historique. Au point où il en est, il cherche un secours moral, il en a tellement besoin. Y a pas de honte à avoir, il faut mettre toutes les chances de son côté.

À sept heures, il s'engouffre dans la navette où se sont déjà installés d'autres sportifs. Pas un regard, chacun pour soi. Les compétiteurs sont concentrés, le regard au loin. Un silence quasi religieux enveloppe l'habitacle. Portant tous des casques sur les oreilles, les sportifs sont dans leur bulle, protégés des bruits extérieurs.

Bourma s'assoit au fond du bus, l'air agité. Et toujours cette pierre dans la poitrine et cette boule au ventre. Tels de petits animaux accrochés à l'intérieur de sa chair, ils le rongent. Et que dire de tous ces borborygmes qui résonnent dans ses intestins alors que son estomac est vide ? Tout compte fait, il n'a pas peur. Mais c'est mon corps qui déconne, s'avoue-t-il.

Le visage collé contre la fenêtre, il laisse errer son regard sur les rues encore peu animées de Sydney. Il arrive à destination bien avant l'heure de la convocation.

À l'entrée de l'Aquatic Center, des vigiles procèdent à des contrôles de sécurité. Après avoir passé ses affaires au scanner, les vigiles lui demandent d'ouvrir son sac. Munis de gants en caoutchouc, ils le fouillent méticuleusement, retirant le grigri et le flacon qui contient la décoction. Ils les lui confisquent. Bourma a beau s'épancher en de longues explications, gesticuler, supplier… Tu parles, s'emporte-t-il, ils comprennent que dalle !

Privé de ses armes maraboutiques, il se sent nu, dépouillé. Une certaine fébrilité le gagne, il commence à paniquer.

Il s'éloigne d'un pas lent et indécis. En entrant dans les vestiaires, il croise d'autres nageurs dont la sérénité et le calme apparents forcent son admiration. Casque sur les oreilles, les nageurs ne lui jettent même pas un coup d'œil. Pas bête, les casques, se dit-il. Lui aussi aurait dû en avoir un. Rien de tel qu'un casque pour s'isoler du monde extérieur et rester concentré.

Marchant de long en large, les nageurs, pour évacuer leur stress, agitent les bras, les faisant tourner telles des éoliennes. Bourma, tétanisé par le trac, les observe en silence.

Le vestiaire, envahi par l'odeur *sui generis* des corps en sudation, sent par moments la naphtaline, et cela lui rappelle la chambre de son enfance, à Torodona. Sa mère en utilisait pour protéger les vêtements des mites – mais ce n'est pas le moment de réveiller les souvenirs, se dit-il, il faut se focaliser sur l'essentiel.

Il se débarrasse de son survêtement et enfile son bermuda bleu au motif imprimé. Le vendeur chinois lui avait dit qu'il était en soie. Mensonge. C'est du polyester, il vient de le voir sur l'étiquette. Entourloupe. Encore une contrariété, se dit-il, en fixant les yeux sur la pendule accrochée au mur. Elle égrène inlassablement les minutes. Le moment approche, inexorable. Soudain, une envie d'uriner, ça presse.

De retour des toilettes, il marche droit devant lui dans le long couloir qui mène à la chambre d'appel.

D'un geste de la main, un nageur l'arrête et le regarde de bas en haut, étonné. Esquissant un sourire ironique, il fixe le bermuda de Bourma en le pointant de l'index. Bourma croit que le bonhomme mate son sexe proéminent. Oui, pense-t-il, je suis bien membré, et alors ? Face au regard insistant du nageur, il pose ses mains devant son anatomie, gêné. L'homme, un colosse d'au moins deux mètres, s'adresse à lui en anglais. « Je ne comprends pas ! » dit Bourma. Alors, le nageur lui parle dans la langue de

Molière. Il se présente : « Roland Mark Schoeman, je suis sud-africain. »

« Avec ça, tu risques la disqualification », lui confie le sportif en désignant son bermuda.

« C'est quoi encore cette histoire ? » se demande Bourma, tombant presque des nues, regardant autour de lui, déstabilisé. Personne ne l'a informé. Putain, ces bras cassés de la Fédération, râle-t-il, ils ne sont même pas fichus de s'occuper de ça ! Déboussolé, Bourma se raidit tandis que Roland Mark Schoeman éclate de rire, puis lui tape amicalement dans l'omoplate.

« Viens, je dois avoir quelque chose pour toi. »

Il suit le géant jusqu'au vestiaire. Roland Mark Schoeman lui offre un slip de bain rouge, de marque Adidas. Manque de pot, il est trop large. En véritable colosse, le Sud-Africain fait deux fois la taille de Bourma. À côté de Roland, il est un poids plume.

« Bouge pas, je vais t'en trouver un autre. »

Roland revient quelques minutes plus tard avec trois ou quatre maillots de taille moyenne. Bourma jette son dévolu sur un de couleur bleu roi. Touché par cette attention, il en a presque la larme à l'œil.

« C'est normal de s'entraider entre frères. On est les enfants du même continent, après tout.

— Oui, nous sommes tous frères, ajoute Bourma, même si nous n'avons pas la même couleur.

— La couleur, ça sert seulement à faire la guerre, sinon on est tous pareils. »

Puis, ouvrant son sac, Roland sort une carte de visite qu'il lui tend. Comme Bourma n'en possède pas lui-même, il griffonne tout simplement ses coordonnées sur un bout de papier. Après quoi, il serre fermement la main de Roland avant de s'en aller. À peine a-t-il franchi la porte que Roland le rappelle pour lui offrir une paire de lunettes, sans se départir de son sourire narquois.

« Ça aussi, c'est obligatoire, sinon c'est la disqualification.

— Merci. »

Décidément, s'avoue-t-il, je ne boxe pas dans la même catégorie que les autres.

Cheminant vers la chambre d'appel, il se demande comment il a pu se présenter ici sans paire de lunettes et sans un maillot de bain réglementaire. Que faisaient donc les guignols qui sont censés s'occuper de lui ? C'est à eux de lui fournir tous ces équipements, les salauds. Putain, réveillez-vous, les mecs !

Assis dans la chambre d'appel, il réfléchit longuement à cette situation somme toute ubuesque.

Tous ces dysfonctionnements, cette désorganisation, cet amateurisme ressemblent à une fabrique de l'échec. C'était mal goupillé depuis le début, il le savait. Grands dieux, quelle absurdité !

Alors qu'il est absorbé par ses pensées, il entend soudain son nom. Il se lève d'un bond, enfermé dans sa bulle, ne remarquant même pas la présence de deux autres nageurs. Il se dirige vers le bassin qui n'est qu'à un jet de pierre, mais la distance lui paraît interminable. Telles des feuilles prises dans une bourrasque, ses jambes flageolent, il manque de s'écrouler, allons bon. Il ressent une forte poussée d'adrénaline.

Voici l'Aquatic Center dans toute sa magnificence. Telle une arène, il est noir de monde. Impressionné et intimidé à la fois par la foule, il veut rebrousser chemin, puis il se ressaisit, avançant maladroitement, osant à peine lever les yeux vers les tribunes. Mal à l'aise, il frotte ses mains contre ses cuisses, puis, à l'image des autres nageurs, commence à agiter ses bras, les faisant tourner dans l'air.

Il découvre enfin ses deux concurrents : un Burundais filiforme, Sosthène Bahungu, et Marat Abdykalykov, un Kirghize court sur pattes, trapu. Ces trois-là ne doivent leur présence ici qu'au fait qu'ils proviennent des parties pauvres du monde, habituellement invisibles dans les grands rendez-vous sportifs. Prônant une politique de mansuétude à l'égard des plus faibles, le Comité international olympique leur a accordé une dérogation spéciale. Pour ces moins-que-rien, pas besoin de passer par les phases de qualification. Qualifiés d'office, au nom de la charité. Pour la première fois, ma pauvreté me sert à quelque chose, se dit Bourma. Et voilà comment la misère du monde se retrouve sous les feux de la rampe.

Sautillant sans arrêt, Bourma veut donner de lui l'image du sportif détendu alors que… le trac, garçon ! Adoptant la *cool attitude*, il se montre débonnaire, le mec détaché de tout, prenant enfin le temps de promener son regard sur les tribunes.

Il avise les membres de la délégation. Regroupés dans un coin, ils lui envoient des signes d'encouragement en agitant des drapeaux en papier aux couleurs nationales. Il répond d'un geste de la main en esquissant un sourire guindé.

Voici enfin le moment crucial : les trois nageurs se positionnent devant le bassin. Bourma s'installe sur le plot numéro cinq. Il est ravi. C'est son numéro fétiche, celui du jour de sa naissance. Après le merle, encore un nouveau signe. Deux signes dans la même journée, la chance est de son côté. Rien à craindre. Il est relax.

Dans les tribunes, un silence religieux.

Dans sa tête, le visage de Ziréga. Une pensée pour elle.

Il essaie d'enfiler ses lunettes, mais n'y arrive pas. Il s'y prend à plusieurs reprises, provoquant des rires dans les rangs du public. Ces satanées lunettes. Enfin, il arrive à les mettre, ouf ! Continuant d'agiter ses bras, il regarde droit devant lui, imperturbable. Cette immensité bleue. Putain, cent mètres !

Bien avant le top départ, Bourma se courbe, fait un petit mouvement brusque, on dirait un tic nerveux. Non. En réalité, c'est son maillot qui lui serre un peu trop les fesses. Et voilà que le Burundais et le Kirghize, croyant le départ donné, plongent. Bourma, lui, n'a pas bougé parce qu'il n'a entendu aucun signal. Pourquoi se précipitent-ils ? se demande-t-il. Placide, il se tourne vers les trois juges qui ont levé leurs drapeaux rouges. « Faux départ », proclament-ils. Le Burundais et le Kirghize sont aussitôt disqualifiés.

Vert de rage, Sosthène Bahungu vocifère en kirundi, sa langue maternelle. Puis il se dirige furieusement vers Bourma, l'air menaçant, prêt à lui tomber sur le râble. « Houlà, on est où, là ? » intervient un juge français en prenant le Burundais par le bras. Il s'emploie ensuite à le conduire vers la sortie. Marat Abdykalykov, lui, ne proteste pas, même s'il en a gros sur le cœur. Il quitte sagement la salle.

Un des juges s'approche de Bourma et l'informe qu'il doit maintenant nager seul.

« Quoi ? »

Soudain, une panique pour ainsi dire vertigineuse le submerge. Bourma tremble de tous ses membres. Pétrifié, il ouvre de grands yeux, son regard balayant les tribunes de l'Aquatic Center où des milliers de spectateurs l'observent en silence. Non, mais… c'est une blague, se dit-il, je ne vais quand même pas nager tout seul. Les juges lui confirment que si. C'est ainsi, c'est le règlement. Qu'il se prépare. Mais il n'est pas de cet avis. Il veut nager avec des concurrents. Les juges ont beau lui expliquer, il ne veut rien comprendre.

Un silence.

Toute la salle attend sa décision.

Les juges se mettent à trois pour essayer de le convaincre, mais Bourma est toujours rétif à l'idée de se jeter tout seul à l'eau, comme s'il craignait que quelque chose ne lui arrive dans cet immense bassin.

Soudain, venue d'on ne sait où dans le public, une voix tonitruante brise le silence. « C'est pas le moment de déconner, Bourma, tu dois y aller ! » C'est M. Rigobert.

Tous les membres de la délégation l'y incitent à cor et à cri. Mais d'un geste du doigt, il leur répond non, non et non.

Devant ce refus, les juges se retirent dans un coin pour se concerter. Effrayé, Bourma est prêt à déclarer forfait. Pour l'encourager, la salle se lève d'un seul bond et commence à taper sur les bancs, couvrant la salle d'un indescriptible tohu-bohu.

Catégoriques, les arbitres lui donnent trente secondes pour se décider. S'il refuse de nager, il sera disqualifié, point barre.

Bourma, passablement énervé, tourne sur lui-même, réfléchissant longuement, allant et venant le long du bassin tandis que la salle l'applaudit, enflammée. Elle a payé, elle exige d'avoir son spectacle.

« Tu ne peux pas faire ça, Bourma, lui hurle M. Rigobert de sa voix de stentor. Vas-y. »

Renoncer serait la honte suprême, finit-il par admettre. Soudain, il croit percevoir une voix d'une grande sagesse : « Tout le pays te regarde, Bourma, le monde entier te regarde, tu ne peux abandonner. Pense à Ziréga, c'est pour elle que tu fais ça. » Énervé, il va et vient en s'arrachant les cheveux. Son corps se crispe. Et là, tout d'un coup, une envie pressante d'aller aux toilettes. Un besoin irrépressible d'uriner. Ce n'est pourtant pas le moment, il le sait. Alors, pour se retenir, il glisse ses mains entre ses jambes. Quand il sera dans l'eau, il en profitera pour soulager sa vessie, ils n'y verront que du feu.

Après mûre réflexion, il reprend sa place sur le plot, tandis que la multitude, ravie, se rassoit.

Un silence.

Il attend patiemment le top départ. Dès qu'il entend le sifflet, il plonge sous les cris du public.

Avec la montée de l'adrénaline, il est parti telle une fusée, comme dans un sprint. Il nage vite, Popov dans la tête, essayant de se souvenir des techniques du Russe, les appliquant à la perfection, c'est du moins ce qu'il croit.

Pour le supporter, le public gesticule, criant à tue-tête, applaudissant à tout rompre. La foule semble conquise par le corps noir qui se bat courageusement dans l'eau.

Il s'épuise assez vite tandis que des éclats de rire fusent dans l'Aquatic Center. Il s'adonne à un spectacle qui restera dans les annales. À la fin, on ne sait plus si le public se moque de lui ou s'il continue encore à l'encourager. Quoi qu'il en soit, Bourma, indifférent au brouhaha, continue d'avancer, mais avec quelle peine. Une hilarité générale se répand dans les tribunes.

Il faut voir ses mouvements désynchronisés, ses gestes gauches. C'est à ce moment-là que tout le monde finit par comprendre : Bourma ne sait quasiment pas nager. « Putain d'Africain, qu'est-ce qu'il fout ici ? s'étrangle un vieil homme assis à côté de M. Rigobert.

— Soyez poli, monsieur, lui rétorque ce dernier, c'est mon cousin. Je vous demande d'arrêter de vous moquer de lui, sinon je vais vous bouffer tout cru.

— Vous êtes… anthropophage ?

— Ça se voit pas ? » répond M. Rigobert.

Mort de trouille, l'homme adopte un profil bas. Il présente ses excuses, et s'enfonce dans son siège. Dès lors, il n'ouvrira plus la bouche.

Pendant ce temps, Bourma, bien qu'il barbote comme un chiot, arrive quand même à avancer. Pourvu qu'il ne se noie pas, prie en silence M. Rigobert en serrant les poings.

Dans le public, certains, indulgents, se disent que l'essentiel, après tout, c'est de participer, c'est ça, l'esprit olympique originel.

Un commentateur, mort de rire devant son micro, est au bord de l'asphyxie. Devant les regards ahuris, Bourma nage de manière pour ainsi dire hétérodoxe. Pour les puristes, une hérésie. Du jamais-vu à ce niveau. Un autre journaliste, japonais celui-là, dira qu'il nage comme les joueurs de water-polo, la tête hors de l'eau.

Tout à sa besogne, Bourma n'entend pas tous ces commentaires désobligeants, il fonce et arrive à boucler l'aller en cinquante secondes et quatre-vingt-dix-sept centièmes. Autant dire un miracle.

C'est sur le chemin du retour que les choses se compliquent. Dès après le virage, quand il entame les cinquante mètres restants, il se sent, soudainement, très fatigué. C'est arrivé comme ça, tout d'un coup, ça lui est tombé dessus comme un sac de farine sur les épaules. Il ne sent plus ses jambes. Ses bras non plus. Il bouge ses membres mais il a l'impression qu'il ne progresse pas d'un iota, bloqué dans une immobilité terrifiante.

Arrivé au milieu de la piscine, alors que la foule exulte en tapant des mains et que la délégation, tel un seul homme, s'est levée en hurlant, il est envahi par une monstrueuse panique. La peur des hautes profondeurs.

« Il va couler, ce tocard. Nom de Dieu, d'où sort ce garçon ? On ne devrait pas accepter des nageurs comme lui à ce niveau de la compétition », fulmine un commentateur.

S'estimant abandonné par tous, Bourma croit son heure arrivée. Son cauchemar de la veille était donc prémonitoire, grands dieux, faites quelque chose pour moi. Il sent monter en lui une révolte jamais ressentie jusque-là. Une révolte contre son Créateur qui semble l'avoir livré à la merci de cette eau devenue désormais son ennemie. Cette piscine veut ma mort, se dit-il. Mon Dieu, sors-moi de là. Si Tu ne veux pas que je crève comme un vulgaire lézard, si Tu ne veux pas que je succombe loin des miens, alors, manifeste-Toi. Dis-moi que Tu es à mes côtés et je T'adorerai pour les siècles des siècles.

Les idées noires se bousculent dans sa tête. Épouvanté, il n'a plus qu'une intention, sortir le plus vite possible de ce maudit bassin. S'il le pouvait, il demanderait qu'on lui lance une perche…

Arrive soudain ce moment précis où je ne sens plus mon corps mes forces m'abandonnent Dieu où es-Tu maman papa si je devais mourir dans ce bassin loin de vous loin de la terre qui m'a vu naître je vous demande de me pardonner pardonnez-moi toutes mes bêtises je vous en ai fait voir quand j'étais jeune j'ai touché à la marijuana j'ai volé j'ai beaucoup menti aujourd'hui je peux vous l'avouer c'est moi qui ai volé le vélo de papa je l'ai revendu pour me permettre d'acheter ma dose de fumette je ne le sais que trop bien je suis un enfant perdu comme tu le disais souvent papa je n'ai pas voulu étudier j'ai souvent préféré la rue à l'école c'est pour ça que je n'ai jamais pu décrocher mon bac ce sésame qui ouvre la porte aux études supérieures je sais que je vous ai déçus priez pour moi que Dieu pardonne mes péchés je n'ai pas toujours été correct mais je n'ai jamais fait de mal à personne je suis quelqu'un de bien je sais j'ai volé tes bijoux maman mais c'était pour la bonne cause et puis je te les ai remboursés on est quittes je te demande pardon maman passer de vie à trépas seul dans cette piscine me rend triste là-haut dans les tribunes il y en a qui gloussent les salauds d'autres applaudissent mais tout le monde semble mort de rire alors que je suis en train de couler je vais me noyer maman je pense que mon heure a sonné maman pardonne-moi tout le mal que j'ai pu te faire tu n'as pas toujours été fière de moi il est arrivé que je te donne du fil à retordre mais je n'étais pas toujours comme ça j'ai été un enfant poli et respectueux je t'accompagnais au puits maman tu portais ma petite sœur dans le dos je t'aidais à transporter l'eau j'étais serviable et sage comme un ange c'est après que les choses se sont gâtées je faisais n'importe quoi c'est vrai et ces idiots qui crient ils sont tous debout qu'est-ce qu'ils me veulent au lieu de me venir en aide ils m'observent putain de spectateurs qui jouissent du spectacle alors que ça n'en est pas un je suis en train de me noyer des caméras sont braquées sur moi j'ai d'abord été un enfant sage maman pas vrai tu te souviens quand j'allais à l'école coranique j'étais le plus doué de tous j'apprenais tout par cœur et j'arrivais à réciter des sourates entières sans difficulté j'étais admiré par tous tu te souviens mais par la suite je me suis fatigué de répéter des choses que je ne comprenais pas ça n'avait plus de sens ça me rendait dingue ça m'abrutissait alors j'ai commencé à sécher alors que toi tu voulais que je devienne marabout moi marabout maman tu rêves putain de spectateurs ils continuent de rire de moi pardonne-moi maman c'est moi qui ai vendu ton chien Gardolé que grand-père t'avait offert je l'ai vendu pour cinq mille francs à un vigile qui en avait besoin si j'ai mal tourné maman c'est que papa n'était jamais à la maison il ne s'occupait pas de moi il passait son temps à jouer aux cartes il découchait parfois je l'ai vu plusieurs fois en compagnie d'autres femmes je ne te l'ai jamais dit parce que je ne voulais pas que tu sois triste papa et sa passion indécrottable pour les jeux il dépensait tout son argent là-dedans tu t'en plaignais souvent il t'avait rendue malheureuse je lui en voulais c'est tout ça qui m'a foutu en l'air j'ai déconné maman c'est vrai et je le regrette pardonne-moi maman prie pour moi si je devais rendre l'âme dans ce grand bassin un bassin comme tu n'en as jamais vu plusieurs fois tu as quitté la maison à cause du comportement de papa tu voulais divorcer mais tu ne pouvais pas au pays les femmes appartiennent à leur mari tu le sais bien si je devais rentrer au pays les pieds devant dis une prière pour moi maman après tout comme le dit le Coran *À Dieu nous sommes et à Lui nous reviendrons* même si je parle de ces moments douloureux tout ne l'a pas été maman nous avons aussi été heureux tu te souviens des soirées que nous passions ensemble dans la cour pendant les longues nuits du ramadan tu préparais des délicieux gâteaux des *kinafas* que j'adorais par-dessus tout tu me prenais sur tes genoux et tu me disais des contes je revois tous ces moments de bonheur partagé comme j'aimerais que tu sois là maintenant ça me ferait tellement plaisir il n'y a pas eu que les longues soirées du ramadan il y avait aussi les grandes fêtes où tu cuisinais pour toute la famille ta sauce à l'oseille est incomparable je me souviens aussi de mes copains d'enfance quand nous jouions au football la nuit sous les étoiles il y avait aussi les parties de pêche dans le marigot les poissons qu'on grillait au bord de l'eau pendant que tu lavais le linge sale la chasse aux criquets qu'on conservait dans des seaux d'eau pour les empêcher de s'envoler ensuite on les faisait cuire avec de l'huile d'arachide et du piment ma circoncision à l'âge de six ans ça aussi c'était un moment inoubliable je n'avais pas pleuré tu étais fière de moi papa aussi vous m'aviez remis un billet de dix mille francs avec lequel j'ai acheté une boîte de Halva la saison des pluies le ramassage des œufs de pintade mon premier jour à l'école française je refusais d'y aller mais papa m'y a obligé c'était peine perdue il ne faut jamais forcer les enfants maman tu le disais souvent pourtant moi vous m'aviez obligé à aller à l'école alors que je préférais rester à la maison heureusement qu'il y avait ma voisine de classe Fatimé Firdoz elle sentait la cannelle je ne t'ai jamais parlé d'elle c'était mon premier amour Fatimé Firdoz ses fesses rebondies sa peau douce comme un bébé ses lèvres charnues ses petits seins ses tétons ronds et délicieux mes premières expériences sexuelles maman c'était avec la même Fatimé Firdoz dans la mosquée oui je sais que c'est péché mais nous étions innocents c'est la faute à notre désir il était ardent comme un feu de brousse on n'arrivait pas à l'éteindre il fallait l'assouvir alors on n'a pas trouvé mieux que la mosquée à l'heure où elle était fermée et personne ne s'y trouvait les petites gouttes de sang laissées sur la natte putain arrêtez de gueuler vous autres je ne comprends rien à vos « *go go go* » c'est quoi ce charabia je ne comprends pas l'anglais vous le savez bien depuis le temps alors arrêtez de crier « *go go go* » et là le ciel s'ouvre je vois grand-mère qui descend de là-haut elle me tend la main elle m'invite à la rejoindre mais non je ne veux pas je veux vivre maman tu comprends grand-mère est gentille elle m'a appris à monter à cheval tu te souviens de son élevage d'équidés de beaux étalons que tout le monde lui enviait mais je ne veux pas la rejoindre dans le ciel j'ai encore beaucoup de choses à faire sur cette terre Ziréga m'attend je lui ai promis le mariage je suis sûr que tu t'entendras bien avec elle et voilà que grand-mère s'approche de plus en plus de moi elle me prend par les épaules elle m'aide à nager elle m'encourage elle me dit ça va aller Bourma ça va aller…

Englué dans un délire où ses idées se bousculent dans une incohérence totale, Bourma ne se rend même pas compte qu'il est à deux doigts d'atteindre son but. C'est quand il touche le bord du bassin qu'il en prend conscience. À peine sorti de l'eau, il s'écroule, à bout de forces.

Il reste allongé un moment, à demi inconscient encore, il n'entend pas les cris et les applaudissements. Il se ramasse sur lui-même et rampe sur le sol en ciment. Il ôte ses lunettes, respire à pleins poumons. Effondré, il se met à pleurer à chaudes larmes. Je suis vivant, putain, je suis vivant !

Le public se lève. Bourma a droit à une ovation. Il jette un coup d'œil sur le tableau d'affichage : deux minutes cinquante-sept secondes et trente-deux centièmes. Loin, très loin du temps réalisé par Popov mais c'est pas mal, se console-t-il. C'est une performance somme toute honorable. Si seulement je ne m'étais pas arrêté au milieu du bassin. Si seulement je n'avais pas paniqué ! Envahi par le remords, il laisse couler abondamment ses larmes, se répétant : je l'ai fait. Putain, je l'ai fait ! Puis il se lève, essuyant discrètement ses larmes et faisant le tour de la piscine sous les hourras de la foule.

Entraînée par l'enthousiasme du public, la délégation oublie que la performance de Bourma est un fiasco, elle accourt, se frayant un chemin pour le rejoindre. Rémadji, brandissant le drapeau national, lui saute au cou. M. Rigobert l'enlace longuement en lui disant : « Tu vois, tu y es arrivé. Je suis très fier de toi, tout le pays est fier de toi. »

Alors que la délégation le porte en triomphe, Bourma, exténué par l'effort et bouleversé par l'émotion, ferme les yeux en pensant à Ziréga. J'ai sauvé Ziréga, j'ai sauvé Ziréga…

Après un long moment de brouillement, il retrouve enfin ses esprits. Il récupère ses affaires et au moment où il s'apprête à quitter la piscine, la foule se rue sur lui, se pressant pour lui serrer la main, lui donnant une tape amicale dans le dos, le touchant, le caressant. On se bouscule autour de lui, c'est la cohue. Il y a tellement de monde qu'il arrive à peine à avancer, bloqué par les uns, retenu par les autres. Ce bain de foule spontané lui rappelle ceux de Michael Jordan. Grisé, il esquisse un sourire suffisant, et commence à rêver d'une carrière comparable à celle du basketteur américain. Sacré Bourma, tout de même !

La réalité est cependant tout autre. Son temps est bien au-delà du temps de qualification. Il est éliminé, tout le monde le sait, et pourtant, il y a comme un air de fête. Il n'arrive pas à comprendre la folle hystérie du public. Tout ça n'a pas de sens.

C'est un homme complètement rompu qui se tient là devant le public. Regardant autour de lui comme s'il ne réalisait pas encore ce qu'il vient d'accomplir, il est sous le coup de l'émotion. Fourbu, il n'a qu'une envie : rentrer chez lui et se retrouver seul dans sa chambre. Pourtant, il aurait voulu assister à la série de Popov, son idole. Voir Popov nager, c'était son rêve. Mais dégoûté, il n'a plus le cœur à rien. Il veut dormir pour oublier et faire table rase de ce moment épouvantable. Pour lui, sa participation est une catastrophe. Pas pour M. Rigobert cependant, qui aimerait la célébrer autour d'un bon repas, « avec du champagne, mon frère », lui claironne-t-il.

Il s'éclipse, refusant de se faire raccompagner en taxi, malgré l'insistance de M. Rigobert.

En ouvrant sa chambre, il tombe sur un mot glissé sous la porte. C'est Ans. Elle l'informe qu'elle a été éliminée. Elle est repartie.

Mon bien cher Bourma,

Ça me ferait plaisir de te revoir. On se connaît à peine, et pourtant, si tu me demandais de te rejoindre dans ton pays, je le ferais sans hésitation, j'adore le soleil et la chaleur. Tu vas croire que je suis folle. Oui, je suis folle. Folle de toi. Maintenant je peux te l'avouer, Bourma. En l'espace de ces quelques jours passés ensemble, je crois avoir été très amoureuse de toi. Je le suis toujours, d'ailleurs. Tu me manques, et tu me manqueras encore, cruellement. Car j'ai longtemps désiré un mec comme toi, doux, calme et posé. J'ai passé des moments inoubliables, ton regard de volupté m'accompagnera encore pendant longtemps. Si tu passes un jour en Belgique, appelle-moi. Voici mes coordonnées.

Ans Goossens
Gasthuisstraat, 42, 2300 Turnhout
Téléphone : +32 14 43 50 22
Goossans@gmail.com

Je t'embrasse beaucoup.

Il est bouleversé. Il repense longuement à Ans avant de s'écrouler sur le lit sans même avoir la force de quitter son survêtement.

Alors qu'il dort comme un loir, la nature se déchaîne. Des nuages bas envahissent la ville. Un orage éclate. Des coups de tonnerre se succèdent. Des éclairs déchirent le ciel. C'est comme si la nature, à son tour, célébrait sa modeste participation. Pour Bourma, être parvenu à faire l'aller-retour du bassin est en soi une victoire. Une victoire contre lui-même. Et une victoire pour Ziréga.

Cependant qu'il s'est lové comme un enfant dans les bras de Morphée, Bourma ignore que son nom apparaît sur tous les téléscripteurs. Il ne sait pas que le monde entier ne parle que de lui, de sa performance certes piètre, mais ô combien mémorable. De la BBC à RFI, en passant par CNN et autres télévisions et radios africaines, son nom, Kabo, est désormais sur toutes les lèvres. Bourma est entré dans l'histoire de la natation par la petite porte, comme par effraction, et pourtant cela fait du bruit.

Bourma dort, et des millions de personnes à travers le monde se réveillent en découvrant ses images. Plusieurs télévisions ouvrent leur journal avec sa prestation. Certaines pour se moquer avec condescendance, d'autres, plus bienveillantes, saluent son courage et sa détermination.

Le monde médiatique, toujours à l'affût du moindre événement spectaculaire, le célèbre. Bourma Kabo, son nom est désormais partout.

Plusieurs heures plus tard, assailli par les douleurs musculaires et les courbatures, il se réveille en douceur, caressé par un timide rayon de soleil. Il est aux alentours de dix-sept heures. L'orage est passé, le ciel a retrouvé des couleurs.

Il se lève péniblement, le corps ankylosé, et se dirige vers la salle de bains. Il prend une douche, laissant abondamment couler l'eau chaude sur son corps meurtri. Si seulement il avait respecté les consignes du féticheur, se dit-il, les choses se seraient peut-être passées autrement.

Pour redonner un peu d'énergie à ses muscles éreintés, il se masse avec une crème achetée dans un supermarché de Sydney puis, mort de faim, il se dirige vers le restaurant.

N'ayant rien mangé de la journée, il rêve d'un bon plat roboratif, une soupe d'abats, du *marara*, un mélange de rognons, de foie et de feuillet d'agneau bien tendre, avec une tombée de piment *gnamiri*, un piment garçon, comme on l'appelle au pays, connu pour sa puissance et son parfum subtil et délicat. Mais ici, nom de Dieu, il va falloir encore se contenter de pâtes. La barbe !

15

C'est en franchissant la porte du restaurant du village olympique que Bourma mesure l'ampleur de sa soudaine notoriété. Non seulement son portrait s'affiche en grand sur un immense écran, mais, dès qu'ils le voient entrer, tous les athlètes se lèvent pour lui faire une ovation. D'abord, il se refuse à y croire, encore une plaisanterie de mauvais goût, se dit-il. Trop beau pour être vrai. Mais lorsque tout le restaurant commence à scander son nom, « Kabo ! Kabo ! », il réalise alors que cet accueil enthousiaste est sincère.

Quelques sportifs noirs, des Africains anglophones, francophones et lusophones, accourent pour le soulever, le portant en triomphe, chantant et dansant dans une joie contagieuse. Pourtant, se dit Bourma, je n'ai rien fait d'extraordinaire. Je suis le nageur le plus lent de l'histoire de la natation olympique. Y a pas de quoi fouetter un chat.

Peu importe, les athlètes semblent fiers de ce qu'il a réalisé. Alors, il décide de prendre les choses comme elles viennent : savourer ce moment inoubliable, lever les bras vers le ciel, distribuer des baisers avec sa main gauche.

Et soudain, un grand nageur se dirige prestement vers lui, fendant la foule. Face à cette apparition, Bourma se fige. Il l'a reconnu au premier coup d'œil. C'est bien lui. Son immense silhouette, son allure de star. Le Tsar russe, comme on l'appelle. Aleksandr Vladimirovitch Popov soi-même. Bourma est tellement ému que son sang se glace dans ses veines, et son cœur bat fort, et ses membres s'immobilisent. Une sensation de paralysie. Il n'en croit pas ses yeux. Popov avance vers lui, large sourire aux lèvres et main tendue. Il serre la main de Bourma en lui donnant du « *Congratulations, man, you did it* ».

Ne comprenant pas un traître mot d'anglais, il est cependant touché, et il ne peut contenir ses larmes. Bourma, tout de même. Il ne peut se retenir et pleure comme un enfant. Pour le consoler, Popov le prend dans ses bras, et Bourma l'étreint de toutes ses forces. Popov sait-il que nous sommes frères de naissance ? se demande-t-il. Nous avons vu le jour à la même date, un 5 novembre. « *Congrats again. Wonderful, my friend !* »

Bourma, tétanisé, acquiesce bêtement en souriant.

Puis, d'une voix de petit garçon intimidé, il demande un autographe que son idole s'empresse de lui signer avec joie. Prenant Bourma par la main, il s'éloigne pour un aparté. Il lui parle comme s'ils étaient de vieilles connaissances, et Bourma est enchanté. Il ne pige que dalle, mais peu importe, son bonheur est à son comble.

Après quoi, Popov lui remet sa carte de visite.

« *Here is my phone number. If you need any help, call Phelps. Okay ?* »

« Il dit que tu peux l'appeler à tout moment. Il dit aussi qu'il est bourré de fric et qu'il peut te venir en aide quand tu le souhaites, traduit un Camerounais.

— Merci, mais j'ai pas besoin d'aide.

— Comment ça, cousin ? proteste le Camerounais. Tu peux pas dire ça toi aussi ! C'est une occasion inespérée pour plumer ce Ruskof », bougonne le quidam, dépité par l'attitude désintéressée de Bourma.

« Bon, si tu es assez riche pour ne pas avoir besoin d'aide, donne-moi la carte de visite, je vais l'appeler, moi. »

N'importe quoi, se dit Bourma en s'éloignant tandis que les gens se l'arrachent, tous veulent l'inviter à leur table. Après avoir longtemps hésité, il finit par rejoindre un groupe d'Africains, ses frères de sang. Entre rires et plaisanteries, on le congratule, on le questionne. Des poignées de main. Des commentaires. Des tapes affectueuses dans le dos. Une sorte d'ivresse collective qu'il n'avait jamais soupçonnée. Lorsqu'il apprend que son idole, son modèle a été détrôné par Pieter Van den Hoogenband, un Néerlandais, il est envahi par la tristesse. Aleksandr Popov, le Tsar russe, n'a pu glaner que la médaille d'argent. Décidément, c'est pas notre année, pense-t-il, liant son sort à celui du champion russe. Puis il se jette sur son assiette.

Mais à peine a-t-il commencé à manger que M. Rigobert et Rémadji déboulent, excités comme des chiots, lui demandant de les suivre séance tenante. Une rencontre avec la presse, vite, ça ne peut pas attendre.

Sur le chemin, il est assailli par les passants. Il ne peut pas faire dix pas sans qu'on l'arrête. Tous réclament soit une photo avec lui, soit un autographe.

Devenu un véritable phénomène, il est victime d'un harcèlement acharné, à tel point que M. Rigobert se voit dans l'obligation de mettre le holà en chassant les fans importuns.

« Sinon, on va arriver en retard, peste-t-il. Les journalistes s'impatientent. »

Bourma entre dans la salle, pleine à craquer. Il avance, encadré par les membres de la délégation qui, tels des gardes du corps, l'entourent. Tout ce monde pour moi ! Des centaines de correspondants et envoyés spéciaux se bousculent. Par manque de sièges, certains se tiennent debout. Des Africains bien sûr, mais aussi des Chinois, des Anglais, des Australiens, des Américains, des Brésiliens, des Français. Bref, les journalistes du monde entier patientent sagement. Tous veulent en savoir plus sur ce nageur inconnu des radars.

Rémadji s'empresse de traduire les nombreuses questions qui fusent, et Bourma répond avec humilité, parfois avec humour. Très vite, il comprend que l'humour est une arme de séduction massive. À force de saillies bien inspirées, le héros du jour force la sympathie des journalistes, les faisant même rire aux éclats.

Au fur et à mesure, il se détend, se sent de plus en plus à l'aise, prenant goût au jeu des questions-réponses. Alors, il en redemande, plus disponible que jamais. Lancé dans une sorte de one-man-show, il s'épanche, on ne l'arrête plus. Il invente des pans entiers de sa vie, magnifiant son histoire au gré de ses nombreuses digressions. Depuis sa première conférence de presse, il a compris que les fictions sont plus fortes que la réalité. Du coup, il en abuse.

Assise un peu plus loin, Rémadji l'observe avec des yeux émerveillés. Elle semble jouir de ce moment de gloire, le considérant aussi comme le sien propre. Après tout, estime-t-elle, c'est moi qui lui ai mis le pied à l'étrier. Je lui ai appris l'art de communiquer. Fière de son poulain, elle sourit, satisfaite. Grâce à elle, Bourma a été à bonne école.

En effet, sans se formaliser, Bourma prend cette rencontre comme une répétition de sa première conférence. Il se sent donc dans son élément. Sa simplicité, sa sincérité et son côté pour ainsi dire candide plaisent aux gens de la presse. Ils sont conquis.

À la dernière question posée par une journaliste iranienne, il répond le plus naturellement du monde : « Je suis le premier nageur de mon pays à disputer un cent mètres nage libre dans une compétition internationale. Je suis heureux de l'avoir fait, même si ce n'est pas dans les règles de l'art. Mon chrono de deux minutes et cinquante-sept secondes est mauvais, je le sais, mais l'esprit olympique, ce n'est pas que la compétition, c'est aussi participer. Et cette force, cet esprit que je transmets aux gens, c'est une façon de fabriquer de la mémoire, d'écrire une histoire, c'est peut-être cela qui me rend aujourd'hui célèbre. » « *Absolutely brilliant* », clame un correspondant écossais de *The Scotsman.*

Les journalistes l'acclament debout. Certains s'approchent pour lui serrer la main. Puis Bourma se soumet avec un certain plaisir à plusieurs séances photo, un *photo call,* comme le dit Rémadji à sa manière snob. Le tourbillon médiatique dure ainsi plus de deux heures.

Le lendemain, *O Globo*, un journal brésilien, titre sur sa une : *Kabo, a enguia.* « Kabo, l'anguille ». Que veulent-ils dire au juste ? En quoi suis-je une anguille ? s'interroge-t-il.

De son côté, le quotidien britannique *The Guardian* parle d'une « *victory of the olympic spirit* », avec un long article sur deux colonnes et une photo pleine page de Bourma. Force est de reconnaître que la presse mondiale est unanime. À une exception près, la voix dissonante est venue de son propre pays, un couac dans le concert d'éloges : le journal local de la capitale a tout simplement titré : « Ridicule ». Ce mot barrait toute la première page. Tel un uppercut qu'il n'a pas vu venir, ce coup, inattendu de la part des siens, le terrasse.

Profondément désappointé, il se console en se disant qu'après tout, nul n'est prophète en son pays.

Le même jour, Bourma apprend, par le biais d'une Rémadji survoltée, qu'il est invité par Jacques Rogge, membre éminent du Comité international olympique et coordinateur des Jeux. Allons bon ! se dit-il d'un air rêveur.

Emportée par une euphorie incontrôlable, Rémadji le prend dans ses bras et le couvre de baisers sur les joues, sur les yeux, dans le cou, pour un peu, elle serait même prête à l'aboucher. Ah là là, quelle histoire ! D'ordinaire prude, Rémadji se lâche, laissant exploser sa joie par un long et vibrant youyou.

Au milieu de la soirée, Bourma se retrouve face à Jacques Rogge et deux autres membres du Comité international olympique. Un restaurant avec vue sur la mer. Au loin, l'Opéra de Sydney. L'endroit est magnifique. Des chaises en cuir, des bouquets de fleurs sur les nappes blanches, des lustres immenses tels des ventilateurs. Impressionné par ce luxe, Bourma se sent tout petit.

Jacques Rogge et son équipe ne tarissent pas d'éloges sur lui. Fines lunettes et visage avenant, Jacques Rogge ressemble à un sage. C'est un homme courtois. Il sent Bourma un peu guindé, et fait tout pour le mettre à l'aise, racontant quelques blagues qui arrachent un rire au jeune homme. La joie communicative du Belge finit par le détendre.

« Vous représentez l'essence même de l'esprit olympique tel que l'a pensé et voulu le baron Pierre de Coubertin », lui dit Jacques Rogge.

Tous ces honneurs, tous ces compliments, c'est trop, arrêtez tout ce dithyrambe, n'en jetez plus. Il n'empêche, cela lui fait plaisir. Complètement transporté, il jubile secrètement. Il ne sent plus ses chevilles. Elles enflent tant et si bien qu'il croit planer au-dessus des nuages. Et voilà, c'est reparti ! Les larmes lui montent aux yeux. Encore. Y a pas à dire, Bourma est un émotif. S'ils continuent, je vais pleurer.

Adoubé par ces gens de l'élite, Bourma a droit à un festin royal où il déguste des mets savoureux, inconnus de son palais.

En entrée, des huîtres pochées sur une crème de noix de saint-jacques, accompagnées d'un vin blanc. Un meursault. Nom de Dieu !

Dans ce vin soyeux, il lui semble déceler des arômes de pomme, mais aussi d'agrumes. C'est délicieux, ça se laisse boire comme du lait de coco. Bourma ne se prive pas de cette bonne boisson dont la minéralité laisse échapper une belle acidité.

Jacques Rogge l'interroge sur son avenir, sur ce qu'il compte faire dans les prochaines années. Pour le moment, il n'en a aucune idée. Il esquive et se concentre sur le poisson qui vient d'être servi. Un beau turbot rôti aux petits légumes et nappé d'une sauce au beurre d'oursin. À côté, une crème d'asperges vertes. Il se régale à s'en lécher les babines. Tant de bonne chère, Bourma est déjà rassasié alors que le gueuleton n'en est qu'à son début. De longs repas comme ça, il n'en a pas l'habitude. De plus, manger à table n'est pas très commode pour lui. L'usage du couteau et de la fourchette, quelle galère.

Au pays, on est plus pragmatique et sans chichis, on se sert le plus simplement du monde de ses doigts, on se délecte en les suçant, rien de plus régressif que cette délicieuse sensation de retomber en enfance. Tout se passe à même le sol, on mange dans le même plat, vite fait, bien fait. Ensuite, on avale son gobelet d'eau et chacun trace. On n'a pas que ça à faire, passer des heures à table, non, très peu pour lui.

Mais dans la vie, il y a des moments où le savoir-vivre est de rigueur : pour avoir un comportement irréprochable, il faut se plier aux règles de la bienséance et des civilités. Alors, comme le lui avait conseillé un jour M. Rigobert, il décide de se tenir à carreau. Il subit en silence ce qui, pour lui, ressemble à un supplice. Faire partie de ce beau monde où l'on parle sans élever la voix suppose qu'on en respecte les codes, cela va de soi. Il faut apprendre à s'intégrer, convient-il.

Avant de passer au plat suivant, la viande, le serveur débouche une bouteille de vin rouge. Un nom difficile à retenir, mais il s'efforce de ne pas l'oublier. Un bolgheri rosso 1990. « Du vin de Toscane », lui précise Jacques Rogge en le goûtant après l'avoir longuement humé. Cependant que le serveur attend poliment le verdict de Jacques Rogge, ce dernier avale d'abord une première gorgée, puis il secoue longuement le verre, le humant à nouveau, avalant encore une gorgée avant de donner son satisfecit d'un geste de la tête. Alors, le serveur remplit les verres. On porte un toast à la santé de Bourma. Le tintement des verres. Du cristal pur, garçon !

Alors qu'il est déjà repu par tant de bombance, arrive la viande. Un carré d'agneau de Nouvelle-Zélande rôti à l'ail, avec une compotée de poivrons rouges et une purée de butternut au miel, accompagnée de citron caviar. Citron caviar ? Quésaco ? Voyons voir, se dit-il. Il goûte les billes fragiles de l'agrume, et elles éclatent délicatement dans sa bouche comme des fines bulles. Le moelleux de l'agneau est un délice. Le plat ? Une tuerie. Il faut savoir apprécier ce moment à sa juste valeur, se dit-il, se gargariser de ces délicieux vins jusqu'à la lie. *Carpe diem*, Bourma, profite, profite de cette belle vie, ça ne se reproduira peut-être jamais…

À la fin du repas, Jacques Rogge lui souhaite bonne chance et lui demande une faveur.

« J'aimerais bien, si vous acceptez bien sûr, récupérer votre maillot de bain et vos lunettes, c'est pour le musée olympique de Lausanne. »

Ça y est, l'élite se fout de ma gueule, extrapole-t-il en fixant longuement le président de la coordination des Jeux d'un regard dubitatif.

« Euh... Oui, je veux bien. Mais le problème c'est qu'ils ne sont même pas à moi, ces équipements ! On me les a offerts.

— Ça n'est pas grave, l'essentiel c'est que vous les avez utilisés. »

Sans trop laisser paraître sa fierté, Bourma se dit qu'il est désormais immortalisé. Sa place dans l'histoire est acquise, et ça, personne ne pourra le lui enlever. Il a envie de sauter de joie, mais il se retient.

Plus tard, quand il sera au soir de sa vie, il pourra se vanter que ses équipements sont au musée olympique de Lausanne. Pour l'éternité. Quelle consécration. Il n'avait jamais rêvé de cela.

Le lendemain, avant de partir, il se rend à l'hôtel de Jacques Rogge et lui laisse un petit paquet dans lequel il a soigneusement mis son maillot de bain et ses lunettes.

À l'aéroport, Bourma ne passe pas inaperçu. Des regards se tournent sur son passage. Certains le pointent du doigt en chuchotant. Les gens l'arrêtent pour lui dire tout le bien qu'ils pensent de lui. Ils louent sa détermination, sa simplicité. Il ne saisit pas toujours les mots qu'il entend, mais il apprécie les sourires, les clins d'œil, les tapes amicales dans le dos, les poignées de main, les demandes d'autographe, les bises, eh oui, il a même eu droit à ces marques d'affection de la part de plusieurs femmes extasiées. Je suis tout simplement en train de devenir une star, s'avoue-t-il, discrètement.

« Je suis une star, vous ne pouvez pas me traiter comme un simple quidam. J'exige de voyager en business, comme tout le monde. »

Il ne l'a pas vue venir, celle-là, M. Rigobert. Interloqué, il en reste coi, échangeant des regards silencieux avec ses compagnons.

« Sinon, je bouge pas d'ici », ajoute Bourma.

Il bluffe, il le sait, mais qui ne tente rien n'a rien, n'est-ce pas.

Déstabilisé par la requête intempestive de Bourma, M. Rigobert tourne en rond en se grattant la tête. Puis il se retire avec Rémadji, ils parlementent pendant un long moment.

« Désolé, mais je ne peux pas satisfaire ta demande, lui rétorque M. Rigobert, inflexible.

— Alors, vous l'aurez cherché. Je sais que cette femme, affirme-t-il en pointant l'accompagnatrice de M. Rigobert, n'est pas votre épouse, c'est votre maîtresse. Vous l'avez invitée aux frais du gouvernement, c'est interdit, vous le savez bien. C'est un détournement de deniers publics. À mon retour, je rédigerai un rapport de mission, je dirai tout au ministre. »

En plein dans le mille, se dit Bourma, fier de son coup. Ébranlé par la menace, M. Rigobert se décompose à vue d'œil tandis que sa petite amie, morte de honte, se cache derrière Rémadji, évitant le regard noir de Bourma. Qui est le salaud qui a vendu la mèche ? se demande M. Rigobert.

Un temps.

« Bon, c'est d'accord, obtempère-t-il. Mais tu me promets de ne rien dire au ministre. »

Bourma opine de la tête en affichant un large sourire. Il n'y a pas de petite victoire dans la vie, se dit-il, c'est toujours ça de pris.

Dès qu'il pénètre dans l'avion, les hôtesses le reconnaissent, elles poussent des cris, certaines lui sautent même au cou, elles le félicitent, le traitent comme une personnalité de premier plan. L'une d'elles, une brune aux yeux clairs, longiligne et mince comme une asperge, le traite avec tellement de déférence qu'il en est gêné. Souriante et avenante, elle l'accompagne jusqu'à son siège. Le 18A, tout en cuir molletonné, côté hublot. Pas de voisin, il est ravi. L'hôtesse range la valise de Bourma dans le coffre à bagages. Une telle considération pour sa petite personne, il n'en revient pas, il en est ému. L'hôtesse repart vaquer à ses occupations, et revient quelques minutes plus tard avec une coupe de champagne.

En se penchant pour le servir, elle laisse voir la naissance de sa gorge. C'est une poitrine ferme et généreuse, pour tout dire une bombe, façon Raquel Welch. Bourma ne peut s'empêcher de plonger ses yeux dans les anfractuosités de l'uniforme qui laissent deviner des seins splendides, enveloppés dans un soutien-gorge en dentelle noire. Elle reste là longtemps, comme si elle donnait sa superbe poitrine en offrande. Tiens, rince-toi l'œil, c'est ce qu'elle semble exprimer en lui adressant une œillade coquine.

L'hôtesse partie, il peut enfin se délecter et, pour la première fois, il avale ce breuvage, ce vin de Champagne dont il a tant entendu parler sans en connaître la saveur. Il vide le verre cul sec et en commande un autre. Puis un troisième. L'hôtesse finit par lui apporter la bouteille, elle la glisse discrètement dans un recoin de son immense siège en lui tapotant la cuisse. Un Pol Roger 1997. Couleur jaune paille, bulles fines et abondantes, Bourma se régale.

À quelques minutes du décollage, le commandant de bord et son copilote eux-mêmes se déplacent pour lui serrer la main en lui souhaitant un bon vol.

Assis de l'autre côté de la cabine, deux rangées plus loin, les membres de la délégation l'observent en silence.

« Il a changé, le bougre, glisse M. Rigobert.

— Je crois qu'il a pris la grosse tête », ajoute Rémadji.

Bourma n'entend pas les propos qu'ils échangent, mais il sait qu'ils médisent. Il n'en a rien à fiche. Il tourne la tête et regarde vers l'extérieur.

Après avoir avalé plusieurs verres, il se vautre sur son siège, l'air de celui dont la mission est accomplie avec succès. Il repense à tous ces moments fous qu'il vient de passer. Je suis désormais devenu quelqu'un, se répète-t-il.

Déroulant le film de sa série dans la tête, il repense à tous ces gens qui, férus de lui, l'ont porté à bout de bras, toutes ces voix anonymes qui, dans l'enceinte de l'Aquatic Center, l'ont supporté. Pour la première fois, il se sent fier de lui, fier d'avoir réussi quelque chose dont il ne se croyait pas capable. Il a gagné un combat contre lui-même. Il l'a fait pour lui, mais surtout pour Ziréga. Oui, Ziréga, pour la vie.

16

Pendant toute la durée du vol retour, Bourma ne cesse de gamberger. Son avenir ? Il l'imagine dans la natation. Forcément. Pourquoi pas en tant que directeur des sports nautiques, par exemple ? Au vu de son expérience, ce poste devrait lui revenir de droit. Il lui irait comme un gant. Il estime qu'il en a la compétence. Au pays, à part les pêcheurs Dilké, ces seigneurs de la mer, les gens ne savent pas nager. Mais pas d'inquiétude de ce côté-là : tous les Dilké, à l'instar de Garba, sont des analphabètes… À part i, o, a, le petit boa, ils ne comprennent que dalle. Pour les Dilké, l'école est une hérésie, ils ne jurent que par le Coran. Donc, autant admettre que le terrain est vierge, nul ne pourra rivaliser avec lui. Il n'aura aucun mal à convaincre le ministre. Je suis l'homme de la situation, se répète-t-il, sûr de lui. Le ministre appuiera sa candidature, et sa nomination passera comme une lettre à la poste.

Certain qu'un nouvel horizon lui ouvre désormais les bras, Bourma tire des plans sur la comète. Tranquille, garçon !

Se projetant déjà dans le futur, il se met à rédiger un texte, un véritable plan quinquennal de développement de la natation. Eh oui, on est sérieux ou on ne l'est pas.

En tant que nageur reconnu et précurseur en la matière, son objectif est de transmettre son savoir aux jeunes. Il tient cet enseignement de sa culture ethnique selon laquelle le premier qui arrive à se hisser sur la charrette se doit de donner la main au suivant. L'entraide, toujours. C'est une philosophie de vie. Hélas, de nos jours, tout fout le camp. La transmission tend à disparaître, mais lui y reste très attaché. Au nom de cette valeur, il se verrait bien mettre sur pied la première équipe nationale. Il organiserait des séances de détection pour repérer les jeunes les plus prédisposés.

Cela dit, malgré son enthousiasme débordant, il reste réaliste : il a conscience de ses limites. Ayant appris à nager sur le tas, il sait que ses connaissances actuelles ne lui permettent pas d'enseigner l'art et la technique de la natation. Mais cela ne le décourage pas. Il a tout prévu : l'idéal serait qu'on l'envoie se former à l'étranger. Il a jeté son dévolu sur le Cercle des nageurs d'Antibes, en France.

À Sydney, il a sympathisé avec un nageur français, un certain Romain Barnier. C'est Ans qui les a présentés. Licencié dans le club antibois, Romain Barnier lui en a dit le plus grand bien. C'est là qu'il aimerait se rendre pour apprendre à maîtriser tous les fondamentaux de la nage. Un an tout au plus suffirait pour faire de lui un vrai formateur. Après quoi, il serait en mesure de prendre en charge l'initiation des jeunes.

Tout un programme, auquel Bourma s'attelle déjà. Il prend méticuleusement des notes, noircissant des pages entières dans un petit calepin offert par Ans.

Porté par son euphorie, il va jusqu'à dresser la liste de l'équipe qui l'épaulera dans sa tâche. En premier, il pense à Ziréga. Il lui demandera de quitter son travail pour devenir son assistante. On n'est jamais mieux servi que par les siens. Tout semble bien ficelé et clair dans sa tête.

Faut-il déjà en toucher deux mots à M. Rigobert ? Non, se dit-il, pas la peine de s'adresser à un sous-fifre, il faut viser plus haut…

Dès qu'il posera le pied au pays, il mettra toutes ses notes au propre et rédigera un rapport qu'il remettra en main propre au ministre. Il y exposera ses propositions. Une feuille de route, en somme. Au vu de la qualité de son projet, le ministre ne pourra que l'avaliser.

Satisfait, il ferme les yeux et imagine l'accueil qui lui sera réservé à l'aéroport. Un accueil digne d'un champion.

Il envisage son retour au pays natal comme une consécration. Il sera célébré comme un dieu. Une foule en liesse le portera en triomphe, elle criera son nom et l'applaudira à tout rompre.

Un cortège l'accompagnera chez lui à bord d'une voiture décapotable. Ziréga sera à ses côtés. Tout le long du trajet, une multitude colorée se massera sur les trottoirs. Elle l'acclamera en agitant des petits drapeaux. Dans sa tête, bouillonnante, mille et un scénarios se bousculent. Sûr de son fait, il rentre confiant au pays.

Mais dès la descente de l'avion, sa désillusion est totale. Non seulement aucune délégation ne l'attend, mais M. Rigobert et consorts s'éclipsent sans même lui dire au revoir. Il les voit s'engouffrer dans une limousine venue les chercher au pied de l'avion. « Eh les amis, attendez-moi ! » hurle-t-il en courant pour les rattraper, mais, trop tard, le véhicule s'est déjà ébranlé…

Dépité, il rejoint le flot des passagers anonymes. Des militaires français, mais aussi des coopérants européens et des hommes d'affaires chinois.

Au contrôle des passeports, il espère un mot de bienvenue de la part du policier qui semble se morfondre derrière l'écran de son ordinateur.

« Salam aleykoum, mon frère ! »

Le policier le scrute un moment et l'ignore. Pendant que l'agent vérifie ses papiers, il croit bon de se présenter : « Je suis Bourma Kabo, le premier nageur du pays. »

Tout à son travail, le policier ne réagit pas.

« Vous m'avez sûrement vu à la télé, comme tout le monde. Vous me reconnaissez pas ?

— Et ta sœur ! Elle me connaît ? » lui réplique le policier.

Il faut bien l'admettre : Bourma n'est pas vraiment le bienvenu. Furieux, il serre les dents, prêt à tout envoyer valser.

À Sydney, pense-t-il, tout le monde me courait après, j'étais célèbre, même Dieu n'aurait pas pu rivaliser avec moi. Là-bas, j'étais une star. Pourquoi diable ne le suis-je pas dans mon propre pays ? Oui, mais là-bas, c'est là-bas, s'entend-il dire, ici c'est le monde à l'envers. Toi-même, tu sais, Bourma…

Il se sent d'autant plus offensé que même les petits employés de l'aéroport se comportent mal à son égard. Il est vexé par l'attitude irrespectueuse de ces nettoyeurs de merde qui se sont permis de le toiser. On dirait qu'ils se sont passé le mot, enfoirés de leur ethnie. Dès qu'ils l'ont reconnu, ils ont tourné le dos et détalé dans tous les sens comme s'il était porteur d'un virus. Bande de cons, enrage-t-il. On lui en veut, c'est évident. Mais pourquoi, bon sang de bois ? Grâce à sa participation, il a fait connaître le pays. Il l'a inscrit sur la carte mondiale de la natation. Son contrat, il l'a rempli, alors quoi ? Qu'attendent-ils de plus ? Qu'il rapporte une médaille ? C'est qu'ils ne savent rien de la natation, les bougres. Nager n'est pas un jeu d'enfant, c'est moi qui vous le dis.

Puisque c'est comme ça, qu'ils aillent tous se faire foutre. S'ils ne m'aiment pas, je ne les aime pas non plus, marmonne-t-il dans sa barbe, désenchanté.

En sortant de l'aérogare, il ne reconnaît personne parmi la foule qui attend. Il promène ses yeux sur la multitude, cherchant désespérément un visage familier. Les gens détournent le regard, ils l'évitent. Certains se permettent de ricaner dans son dos. D'autres se répandent ouvertement en invectives, ils ne prennent même pas la peine de se cacher, les bâtards.

Bourma est meurtri par ces comportements qu'il juge ingrats. Soudain, dans le brouhaha de la salle, une voix crie son prénom.

C'est Ziréga !

Il la voit surgir au loin.

Telle une apparition, elle fend la foule, éblouissante dans sa légère robe à fleurs qui vole au vent. Elle se dirige vers lui au pas de course. Tel un rayon de soleil, Ziréga illumine son visage, il laisse enfin échapper un sourire.

Elle est d'une prestance, d'une beauté. Voir Ziréga lui met du baume au cœur. Pour une fois, le régime a tenu parole. Comme promis, sa fiancée a été libérée.

Ziréga s'arrête devant lui, bouleversée, le souffle court, et la larme à l'œil. Des larmes de joie. L'émoi de Ziréga est grand. Le sien aussi. Ils échangent des regards pleins d'amour et de tendresse, mais au lieu de se jeter dans les bras l'un de l'autre, heureux de se retrouver, ils restent là, interdits, comme s'ils étaient bloqués par une force tellurique mystérieuse. Ils n'osent même pas se toucher. Alors que le désir les consume, et que leurs yeux flamboient comme au premier jour, ils tournicotent l'un autour de l'autre, sans fin. Il a suffi que Ziréga pose avec grâce et délicatesse sa main sur la poitrine et voilà que le cœur de Bourma s'emballe. Le rythme s'accélère. Ziréga ! Ses doigts fins. Il en frissonne. La chair de poule, partout. Il la saisit par la taille et la fait tourner sur elle-même et la serre contre lui et la caresse et l'embrasse de toutes ses forces et lui roucoule dans l'oreille.

« Tu m'as tellement manqué, Ziréga… »

Elle est sublime et splendide et éclatante comme une fleur de bougainvillier au petit matin.

Il lui susurre des mots doux et parcourt de ses lèvres ses épaules nues. Sentant la turgescence de ses tétons piqueurs contre ses pectoraux, il en frémit d'émotion, le corps saisi de tremblements.

Emportés par l'ivresse de leur amour, ils restent longtemps collés bec contre bec tels des tourterelles, oubliant la présence du monde hostile, avec ses sifflets et ses réprobations selon lesquelles la tradition interdit de s'embrasser en public. J'emmerde la tradition, se dit-il, les lèvres de Ziréga sont douces, et l'odeur musquée de sa peau est enivrante. Ils sont ailleurs, Bourma et Ziréga, seuls dans leur tête et seuls dans leurs rêves, n'écoutant que le langage de leurs corps emmêlés.

Tandis que Bourma furète de son nez la chevelure de Ziréga, elle lui confie :

« Je n'ai pas arrêté de penser à toi, à notre amour, et cela m'a aidée à tenir. Ils ne sont pas parvenus à me voler ma virginité.

— Je suis fier de toi, Ziréga.

— Si tu savais comme je t'aime, Bourma.

— Moi aussi, je t'aime, ma petite Ziréga.

— Arrête de m'appeler "petite", je suis plus grande que toi. »

Ils s'esclaffent et quittent l'aéroport main dans la main tandis que les quolibets fusent dans leur dos. « Espèce de looser, va. Nageur à deux balles. Tu as fait honte au pays. »

Dans le taxi, le chauffeur, les yeux rivés dans le rétroviseur, n'arrête pas d'observer Bourma, l'air intrigué.

« Vous êtes bien Bourma Kabo ?

— Oui, c'est bien moi.

— Je vous ai vu à la télévision, monsieur Kabo. Bravo pour ce que vous avez fait. Ma femme vous adore, moi aussi. Votre participation mérite le respect. De vilaines choses se disent sur vous, mais n'écoutez pas les gens, ils sont jaloux de votre notoriété, c'est tout. »

Tandis que Bourma gratifie l'homme d'un sourire, Ziréga lui explique que le pays tout entier l'a effectivement pris en grippe. Nombreux sont ceux qui considèrent sa participation aux jeux Olympiques comme un véritable fiasco. Une piètre performance qui ne mérite pas qu'on en fasse des tonnes. La rumeur dit qu'il a ridiculisé le pays. Certains prétendent même qu'il a sali le nom de la patrie. « Qu'est-ce qu'il ne faut pas entendre, bon Dieu de merde », s'emporte-t-il. Il est en colère, et rien ne peut le calmer.

« Laissez couler, monsieur Kabo, lui déclare le chauffeur. Les idiots peuvent dire ce qu'ils veulent, mais pour moi, vous êtes un héros. Et je ne suis pas le seul à le penser.

— Dire que je me suis battu pour le pays, se plaint Bourma, et voilà comment on me remercie. »

Un long silence se fait. La voiture slalome entre les nids-de-poule. Ziréga prend la main de Bourma dans la sienne.

« La Fédération a repris l'appartement qu'elle t'avait octroyé », lui annonce-t-elle.

Les salauds, ils n'ont même pas attendu mon retour, se plaint-il. Fou de rage, Bourma ne sait que dire. Il tourne son regard vers la rue, et les larmes lui montent aux yeux. Une envie de pleurer, et de tout casser.

« Tout n'est pas perdu, le rassure Ziréga. J'ai pu récupérer tes affaires. J'ai loué une petite maison à Gassi, elle est très bien, tu verras. C'est très loin du centre, mais on y sera tranquilles. Personne ne viendra nous emmerder. »

Elle a choisi ce quartier périphérique en croyant y trouver la paix. Manque de pot, même dans ce coin perdu dans les faubourgs de la ville, Bourma n'échappe pas aux regards inquisiteurs et aux sarcasmes des voisins qui scrutent ses moindres faits et gestes.

Houspillé par des gens qu'il ne connaît même pas, le voilà décrié, traité comme un indésirable. L'histoire de Bourma est devenue un feuilleton interminable dont la presse fait ses choux gras, le brocardant sans cesse à travers un matraquage intensif. Il se raconte tout et n'importe quoi sur lui. Vilipendé de toutes parts, il se retrouve pour ainsi dire cloué au pilori.

« T'en fais pas, mon chéri, ça va passer », le console Ziréga.

Bourma se retrouve confronté à un véritable harcèlement. Le voilà devenu la cible principale sur laquelle tous les frustrés et autres malheureux tirent à boulets rouges. Dès qu'il lui arrive de mettre les pieds dehors, il tombe immanquablement sur des petits malins qui le chambrent, se fichant ouvertement de lui, le charriant avec force jacasseries et autres plaisanteries de mauvais goût. Il faut les entendre débiner, les salauds, allant jusqu'à proférer des insultes, crachant sur son passage. Certains souhaitent carrément sa mort. Comme ce journal qui a écrit : « Qu'on le jette en prison et qu'on n'entende plus parler de lui. Il n'y a pas de place pour les perdants. »

Souvent, il lui prend l'envie d'en découdre à coups de poing, mais il préfère ne pas en arriver là. Aux imbéciles, répondons par le silence, se répète-t-il, pour se calmer.

« On ne peut rien faire contre la bêtise », se lamente Ziréga à bout de nerfs. Revient alors à Bourma cette phrase lue dans *Chien blanc*, de Romain Gary : « Jamais, dans l'histoire, l'intelligence n'est arrivée à résoudre des problèmes humains lorsque leur nature essentielle est celle de la Bêtise. »

Bêtise crasse contre laquelle il se sent totalement désarmé. Face au déferlement de haine, il décide de faire le dos rond, ne montrant plus le bout de son nez. Rendu tricard par l'aversion dont il est l'objet, il vit désormais reclus dans la petite cour de la maison, broyant du noir à longueur de journée.

Pour mettre fin à cette cabale, il recherche un soutien auprès de la Fédération, essayant plusieurs fois d'entrer en contact avec M. Rigobert. Sans succès. Un jour, fatiguée par les sollicitations intempestives de Bourma, la secrétaire de M. Rigobert lui fait savoir que ce dernier ne veut plus le voir.

« Inutile d'insister, monsieur Kabo. »

Bourma accuse le coup, mais pas question de lâcher l'affaire. Il se tourne alors vers Rémadji, sa sœur ethnique. Au nom de leur appartenance à la même communauté, il compte sur elle pour lui venir en aide et arrêter le massacre.

Lorsqu'il arrive enfin à la joindre au téléphone, Rémadji lui parle sur un ton glacial. Puis elle le rembarre sans lui laisser le temps d'exposer son problème.

« Tu as joué et tu as perdu, Bourma. Tu as échoué dans ta mission, je ne peux rien faire pour toi.

— Trouve-moi une audience avec le ministre, supplie-t-il.

— Le ministre ne veut plus entendre parler de toi. On t'a donné une chance, tu n'as pas su la saisir. En plus, tu t'es comporté comme un enfant gâté. On n'a plus besoin de toi. »

Tout compte fait, il comprend que son sort ne vaut pas plus que celui d'une chaussette. Après l'avoir usée, on s'en débarrasse, point barre. Dégoûté, il passe ses journées à ressasser son ressentiment dans la plus grande solitude.

Quelquefois, Garba, magnanime, vient le voir. Il passe de longues heures avec lui, essayant en vain de lui remonter le moral. Mais le désenchantement et la tristesse de Bourma sont tels qu'il en arrive parfois à envisager le pire. Sauter dans le fleuve du haut du pont à double voie et basta, on ne parlera plus de lui. N'eût été son amour pour Ziréga, il en aurait fini avec cette chienne de vie.

Ziréga, c'est son socle. Sur elle, il peut compter. En compagne dévouée, elle l'aide à chasser les idées noires, veillant sur lui comme une mère sur son enfant. Grâce à Ziréga, il tient bon. Toujours à ses petits soins, elle le dorlote, se battant contre vents et marées pour que cesse le supplice infligé à son homme.

Rejeté et mal-aimé, Bourma se sent banni. Il finit par sombrer dans une profonde dysphorie, ruminant sa colère sans savoir à qui s'en prendre.

Pour lui faire oublier ses tracas, Garba le pousse à sortir. « Il faut te changer les idées. Tu peux pas vivre enfermé comme ça, c'est pas tenable. » Il l'emmène faire un tour en ville, le forçant à affronter le regard accusateur des gens.

« T'as pas à te cacher comme un criminel, t'as rien fait de mal. »

Alors que Bourma chancelle, pas loin de la chute finale, Garba, avenant, le soutient à bout de bras. Il lui dit qu'il l'aime. Et qu'il l'aimera toujours, quoi qu'il arrive.

En plus du soutien de Garba, Bourma reçoit aussi celui de ses parents. Sa mère lui téléphone quotidiennement, lui témoignant son affection et son amour inébranlables. Même son père, au demeurant fort critique, se fait avenant et protecteur.

« Te laisse pas aller, mon fils. Te laisse surtout pas vaincre par la sottise », répète-t-il à Bourma.

Malgré toute cette bienveillance, il est au bout du rouleau. Il n'en peut plus.

« Tu dois pas avoir honte de ce que tu as fait, lui confie Garba. Qu'on le veuille ou non, ta participation restera dans les annales. Ils peuvent dire ce qu'ils veulent, l'histoire t'oubliera pas, elle est pas ingrate. »

Il a fallu plusieurs semaines avant que les médias et la vox populi finissent par l'épargner. Les chiens enragés se turent, et on passa à autre chose. La campagne de dénigrement prit mystérieusement fin. Peut-être que la meute avait déniché d'autres victimes expiatoires, va savoir.

Enfin, la paix.

Les chiens ayant cessé d'aboyer, il peut désormais sortir sans être importuné, se promener incognito dans la rue sans essuyer de quolibets, sans être montré du doigt.

Longtemps, Bourma restera traumatisé par cette terrible épreuve. Un traumatisme qui provoqua chez lui un profond dégoût pour cette société pourrie. Cette pénible brimade, loin de le briser, le rendit encore plus fort. Elle a décuplé sa rage de vivre et son envie de s'épanouir aux côtés de Ziréga.

Il l'épousa au cours d'une cérémonie intime. Un an plus tard, Ziréga donna naissance à un petit garçon qu'il prénomma Jacques, en souvenir du président du Comité international olympique.

L'arrivée du bébé occasionnant des dépenses supplémentaires, le couple se retrouva à tirer le diable par la queue. Le seul salaire de Ziréga ne suffisait plus pour joindre les deux bouts. Pourtant, en véritable soutien de famille, Ziréga se démenait comme un diable, accumulant les heures supplémentaires, ne ménageant aucun effort pour faire bouillir la marmite. Mais ils ne s'en sortaient pas. Alors, elle appela Bourma à la rescousse, le suppliant de dégotter un emploi, ça nous aiderait, mais il refusa obstinément. Désabusé, il s'était érigé un principe : « Plus question de vendre mes forces à un patron. Je veux plus être esclave du salariat. »

Comprenant son amertume, Ziréga n'insista pas.

Cela dit, même s'il refusait toute aliénation par le salariat, Bourma n'avait pas l'intention de se tourner les pouces, de se laisser entretenir, « je suis pas un gigolo, loin de là ».

Alors que Ziréga, accaparée par son boulot, s'absentait toute la journée, Bourma se faisait un devoir de prendre en charge les travaux domestiques, effectuant les courses, préparant les repas, balayant la cour, lavant et repassant le linge.

Au départ, il mitonnait des petits plats ordinaires juste pour donner un coup de main à Ziréga. Il s'en sortait très mal, ratant tout ce qu'il préparait. Mais au fil des semaines, avec une volonté admirable, il s'améliora. Ziréga, constatant ses progrès, le félicita. Elle l'encouragea. Peu à peu, il finit par y prendre goût et devint un as de la popote.

Découvrant un réel épanouissement dans la cuisine, il ne pouvait plus s'arrêter, happé par une sorte de passion dévorante. À la longue, les tubercules et autres légumes n'avaient plus de secret pour lui. Il les classait selon les sensations gustatives qu'ils lui procuraient : douceur, acidité, amertume. Il notait tout dans un petit cahier. Loin de se contenter des plats traditionnels immuables, il en inventait d'autres, les sublimant grâce à des associations subtiles de saveur et de goût, séduisant Ziréga par son originalité et son talent.

Acclamé par sa femme et inspiré par une créativité débordante, Bourma se lançait dans des recettes inédites, concoctant des plats dont la succulence enchantait Ziréga. Il revisitait certaines recettes de sa mère avec l'obsession d'y ressusciter les odeurs de son enfance, cette lointaine époque du bonheur sans souci.

Il trouvait dans la cuisine un moyen simple et efficace pour exprimer ses sentiments. Chaque plat qu'il préparait était une déclaration d'amour à Ziréga. Il l'aimait follement et la cuisine lui permettait de le lui exprimer d'une manière élégante. En cuisinant, il avait le sentiment d'être lui-même, libre et en accord avec ce qu'il ressentait. Il retrouvait dans cette activité une certaine sérénité, libéré des tracasseries du quotidien. Quand il cuisinait, il avait la pensée vide, concentré uniquement sur son travail. Par exemple, quand il coupait les oignons, il ne pensait à rien d'autre qu'au geste parfait qu'il devait effectuer pour en émincer les bulbes. Cuisiner lui procurait un tel bonheur que cela avait fini par donner du sens à sa vie.

Non seulement il se sentait revivre, mais il lui semblait aussi avoir enfin trouvé sa voie. « Te voilà devenu une véritable fée du logis, Bourma », persiflaient les hommes du voisinage. Ils avaient honte de le voir s'abaisser à une activité dévolue aux femmes. Honte de le voir s'emmêler dans ses casseroles comme une vulgaire ménagère. « C'est indigne d'un homme, ce que tu fais là », lui balançaient-ils. Faisant fi de leurs calomnies, il se consacrait sans compter à ses fourneaux.

Souvent, les fumets appétissants de ses petits plats alléchaient les femmes alentour. Curieuses, les voisines venaient le voir, lui demandant de leur livrer ses secrets. Certaines étaient même prêtes à payer pour apprendre à ses côtés. Il refusait cependant de monnayer son savoir. En revanche, il acceptait volontiers de partager ses connaissances avec elles. Elles en étaient ravies. Contrairement aux hommes qui le brocardaient, les femmes le portaient au pinacle. Elles l'admiraient d'autant plus qu'il s'occupait aussi avec amour et dévotion de son rejeton. Sans rechigner, il lui donnait le biberon, lui torchait les fesses, le lavait, le pomponnait. « Ziréga a vraiment de la chance d'avoir un mari comme lui », clamaient les voisines, complètement sous le charme.

Portant souvent Jacques dans le dos, on le voyait se rendre au marché pour ses emplettes, indifférent aux railleries.

Troublée par son attitude iconoclaste, la gent masculine lui adressait ses remontrances itératives. « Arrête avec tes manières efféminées. Tu finiras par donner de mauvaises idées à nos garçons », se plaignaient les méchantes langues qui finirent par le baptiser « FFE », entendez Faisant fonction d'épouse. « Tu déshonores la race », lui criait-on. « Si ça se trouve, c'est encore un pédé », glosaient-ils.

Impassible, Bourma les ignorait. Cuisiner l'aida à retrouver son équilibre, il se sentait bien. Le ressentiment qui le rongeait à petit feu ? De l'histoire ancienne. Plus d'amertume ni de tristesse. Il acceptait humblement son sort.

Chaque jour, après avoir terminé de vaquer à la maison, il s'offre un moment de détente. Il se dirige vers l'estuaire du fleuve Chari. En ce temps d'hivernage, sous les blancs nuages, l'envie de nager le saisit. Là, dans cette lumière suave et étincelante, il retrouve un semblant de paix. Dans cet endroit où les ciels bas se confondent avec l'horizon, il s'adonne à la contemplation. Il médite longuement, profitant de la végétation luxuriante qui s'étend à perte de vue, et cultivant une certaine forme de sagesse. En communion totale avec la nature, il se laisse bercer par le mugissement du vent dans les arbres, le chant des oiseaux. Les alouettes et autres bergeronnettes des ruisseaux volettent au-dessus de sa tête. Ces petits riens suffisent à son bonheur.

Il passe de longues heures à réfléchir sur son foutu destin. À midi, après avoir nourri son fils, il mange à son tour, se contentant d'un simple sandwich avant de rejoindre un groupe de culs-reptiles avec lequel il s'est lié d'amitié. À force de les fréquenter, il est devenu un des leurs.

Il les retrouve toujours au même endroit, au bord de la grande avenue, à l'ombre d'un immense manguier qui croule sous les fruits. Les mangues juteuses tombent par grappes entières. Les culs-reptiles s'en repaissent. Pour beaucoup, ça sera leur seul repas de la journée.

Bourma appartient à cette jeunesse, vive et pleine d'énergie, mais abandonnée à son triste sort. Elle affronte un horizon bouché dans un pays où tout projet de développement est rendu impossible par une gestion désastreuse. C'est la faillite générale. Tout le monde le sait. Seuls les afro-optimistes soutiennent, péremptoires, que tout va bien alors que tout va mal.

Pour autant, les autorités proclament le contraire, elles tonitruent partout que le « développement durable, c'est pour bientôt. Que tout le monde aura du travail, que personne ne sera laissé au bord de la route ». « Des billevesées, mec ! » tonne Bourma.

Dans ce pays alléché uniquement par le court-termisme et les plaisirs immédiats, toute promesse de développement durable est vouée à l'échec. Une évidence : dans l'histoire de l'humanité, aucun pays ne s'est développé en tendant constamment la sébile. Or ici, l'appel à l'aide internationale est devenu un viatique. Tout bas… si bas, nous sommes tombés. Quelle putain d'histoire pour notre génération sacrifiée !

Il n'empêche, malgré cette infortune, les culs-reptiles ne se découragent pas. Ils refont inlassablement le monde en se lançant dans des discussions interminables et oiseuses. Malgré leur raisonnement souvent tarabiscoté, il arrive que les culs-reptiles émettent une idée lumineuse qui finit par séduire Bourma. Alors, il sourit, hochant la tête, l'air rêveur, puis il prend son fils dans les bras, c'est l'heure de la sieste, il lui chantonne une comptine jusqu'à ce que le bébé s'endorme. Il le couche ensuite sur une couverture en laine et s'allonge à ses côtés. Il regarde son fils et se demande ce que sera son avenir dans ce pays qui marche cul par-dessus tête. Quel monde vais-je lui léguer ?

Cerné par l'atrocité implacable de ce présent qui l'accable, il soupire et lève les yeux vers le ciel.

Là-haut sur la voûte céleste bleu métallique, une longue traînée de poudre blanche – un avion de ligne passe. Plus loin, une nuée d'étourneaux. Leur ondoiement ressemble à une chorégraphie. Sur le côté, la lune, déjà éclatante, belle comme une mariée.

Sur le sol, l'ombre commence à s'épaissir. Le souffle du vent caresse les feuilles du manguier. Les derniers rayons du soleil. Voici venir le soir avec sa cohorte d'hirondelles. Les premières étoiles commencent à tapisser le firmament tandis que le chant lancinant des oiseaux recouvre la ville, provoquant une certaine mélancolie chez Bourma.

Tant de beauté, et pourtant une véritable tragédie couve. Il suffit d'ouvrir les yeux pour le voir. Le pouvoir ignore-t-il qu'il est assis sur une poudrière ? Que cette jeunesse en déshérence ne gardera pas éternellement les bras croisés ?

Trêve de palabres, se dit-il, le jour baisse, il va falloir rentrer, le devoir m'attend.

C'est toujours un peu triste pour Bourma de se séparer de ses compagnons qui tous croquent le marmot, unis par le même destin. La plupart de ses compères sont des garçons brillants. Leurs études, souvent longues et épuisantes, ne leur ont servi à rien. En attendant des jours meilleurs, ils rongent leur frein en silence.

Avec le temps, Bourma a appris à les connaître, les culs-reptiles. En vérité, ce sont de braves gars pour qui il a une grande sympathie. Pour les culs-reptiles, vivre en marge de la société ne constitue en rien une désertion, au contraire, c'est un choix assumé. Exclus d'un système politique inique basé sur le droit d'aînesse, ils ne se considèrent pas pour autant comme des marginaux, et nourrissent de grandes aspirations pour leur pays. Ils seront un jour suffisamment nombreux pour faire advenir un autre monde.

Reprenant en chœur des slogans entendus ailleurs, ils jurent qu'un autre monde est possible.

En réalité, les culs-reptiles rêvent d'un grand changement, mais pas que. Ils aimeraient aussi voir un jour éclater une révolution, rien de moins, ils s'y préparent. Une révolte qui sonnerait le temps de la rupture avec ce monde qui court à sa propre perte. Une révolte qui viendrait tout foutre en l'air, mettant fin à ce cauchemar permanent pour bâtir une société nouvelle basée sur la fraternité, la justice et la solidarité.

Ce roman est librement inspiré de l'histoire d'Éric Moussambani, qui a connu une célébrité éphémère lors des jeux Olympiques de Sydney en 2000.

DANS LA MÊME COLLECTION

José Eduardo AGUALUSA
La saison des fous

Aminata AIDARA
Je suis quelqu'un

Kangni ALEM
Un rêve d'Albatros

Théo ANANISSOH
Lisahohé
Un reptile par habitant
Ténèbres à midi
Delikatessen
Perdre le corps

Nathacha APPANAH
Les rochers de Poudre d'Or
Blue Bay Palace
La noce d'Anna

Mariama BARRY
Le cœur n'est pas un genou que l'on plie

Blick BASSY
Le Moabi Cinéma

Pascal BÉJANNIN
Mammo

Gaëlle BÉLEM
Un monstre est là, derrière la porte

BESSORA
Cueillez-moi jolis Messieurs...
Et si Dieu me demande, dites-Lui que je dors

Mongo BETI
Le Rebelle I
Le Rebelle II
Le Rebelle III

Florent COUAO-ZOTTI
Poulet-bicyclette et Cie
Western tchoukoutou

Jacques DALODÉ
Très bonnes nouvelles du Bénin

Ananda DEVI
Pagli
Soupir
Le long désir
La vie de Joséphin le fou

Aly DIALLO
La révolte du Kòmò

Ousmane DIARRA
Vieux Lézard
Pagne de femme
La route des clameurs

Asya DJOULAÏT
Noire précieuse

Eugène ÉBODÉ
La transmission
La divine colère
Silikani
Métisse palissade
La Rose dans le bus jaune
Souveraine Magnifique
Le Balcon de Dieu
Brûlant était le regard de Picasso

EDEM
Port Mélo

Gaston-Paul EFFA
Le cri que tu pousses ne réveillera personne
Rendez-vous avec l'heure qui blesse
Le miraculé de Saint-Pierre
La verticale du cri
L'enfant que tu as été marche à côté de toi

Libar M. FOFANA
Le fils de l'arbre
N'körö
Le cri des feuilles qui meurent
Le diable dévot
L'étrange rêve d'une femme inachevée
Comme la nuit se fait lorsque le jour s'en va

Emmanuel GENVRIN
Rock Sakay
Sabena

Mambou Aimée GNALI
Bèto na Bèto. Le poids de la tribu
L'or des femmes

Emmanuel GOUJON
Depuis le 11 septembre

Mahamat-Saleh HAROUN
Djibril ou les ombres portées
Les culs-reptiles

Marie-Thérèse HUMBERT
Les désancrés
Maisons et Royaumes

Sylvie KANDÉ
Lagon, lagunes
La quête infinie de l'autre rive

Fabienne KANOR
D'eaux douces
Humus
Les chiens ne font pas des chats
Anticorps

Edem KODJO
Lettre ouverte à l'Afrique cinquantenaire

Koffi KWAHULÉ
Babyface
Monsieur Ki. Rhapsodie parisienne à sourire pour caresser le temps

Henri LOPES
Ma grand-mère bantoue et mes ancêtres les Gaulois

Une enfant de Poto-Poto
Le Méridional

Antoine MATHA
Épitaphe

Justine MINTSA
Histoire d'Awu

Boniface MONGO-MBOUSSA
Désir d'Afrique
L'indocilité. Supplément au Désir d'Afrique

Scholastique MUKASONGA
Inyenzi ou les Cafards
La femme aux pieds nus
L'iguifou. Nouvelles rwandaises
Notre-Dame du Nil
Ce que murmurent les collines. Nouvelles rwandaises

Tidiane N'DIAYE
Les Falachas, Nègres errants du peuple juif
Le génocide voilé
Par-delà les ténèbres blanches
Le jaune et le noir
L'appel de la lune

Donato NDONGO
Les ténèbres de ta mémoire

Mamadou Mahmoud N'DONGO
La géométrie des variables
Mood Indigo
Remington
Les corps intermédiaires
Kraft
Golda Kane

Patrice NGANANG
L'invention du beau regard

NIMROD
La traversée de Montparnasse
Le temps liquide

Idi NOUHOU
Le roi des cons

Gaël OCTAVIA
La fin de Mame Baby
La bonne histoire de Madeleine Démétrius

Frédéric OHLEN
Quintet
Les mains d'Isis

Jean-François SAMLONG
Une guillotine dans un train de nuit
En eaux troubles
Hallali pour un chasseur
Un soleil en exil

Arnold SÈNOU
Ainsi va l'hattéria

Amal SEWTOHUL
Histoire d'Ashok et d'autres personnages de moindre importance
Les voyages et aventures de Sanjay, explorateur mauricien des Anciens Mondes
Made in Mauritius

Natasha SOOBRAMANIEN
Genie et Paul

Sami TCHAK
Place des Fêtes
Hermina
La fête des masques
Les fables du moineau

Anne TERRIER
La malédiction de l'Indien

Amos TUTUOLA
L'ivrogne dans la brousse

Tchicaya U TAM'SI
J'étais nu pour le premier baiser de ma mère, Œuvres complètes, I
La trilogie romanesque Les cancrelats – Les méduses – Les phalènes, Œuvres complètes, II
Ces fruits si doux de l'arbre à pain – La main sèche – Légendes africaines, Œuvres complètes, III

Abdourahman A. WABERI
Rift Routes Rails
Transit

Composition : PCA/CMB.
Achevé d'imprimer
sur Roto-Page
par l'Imprimerie Floch
à Mayenne, en février 2022.
Dépôt légal : février 2022.
1er dépôt légal : décembre 2021.
Numéro d'imprimeur : 99930.

ISBN : 978-2-07-296985-0 / Imprimé en France.

542883